필묵의 서정

박형순 문집

필묵의 서정

좋은땅

붓끝의 침묵

시간 참 빠르다.

어느덧 종심(從心)의 나이가 되었다.

나의 제2 문집인 "세움에 대한 단상"을 발간한 이후 새 문집을 발간하는 데 이렇게 오래 걸릴 줄 몰랐다. 그 이유는 순전히 나의 관심이 다른 곳에 있었기 때문이다. 즉, 매일 붓을 잡고 서예를 하거나 그림을 그린다고 하면서 침묵으로 많은 시간을 보냈기 때문이다.

무엇보다 시심이 고장 났다.

자연히 시와의 거리가 멀어졌다.

나의 기준으로 보면 시라는 것도 젊어서 쓰는 것이다. 나는 아직 젊다고 억지를 부리며 끄적거려 보았지만, 짜릿함을 느낄 수 없었다. 그저 밋밋할 뿐이었다. 자연히 침묵의 시간이 길어졌다.

어쩌다 마음에 드는 시구(詩句)가 떠올라도 앞과 뒤를 잇기가 힘들었다.

대신 그에 어울리는 한자(漢字)들이 머리를 빙빙 돌았다. 그래서 한시(漢詩)에 매달렸는지 모른다. 이에 이번 문집에서는 과감하게 한시(漢詩)를 실었다. 한문 고수들의 질타가 있으면 감수하련다.

순서는 비교적 가볍게 읽을 수 있는 수필부터 게재하였고, 서예와 관련하여 썼던 글을 다음 순서로 하였으며, 여러 번 씹어야 맛이 나는 한시는 뒤에 실었다.

가벼운 마음으로 써 내려간 수필은 소소한 일의 한 장면, 스쳐 지나간 인연, 문득 떠오른 생각들로 일상 속에서 건져 올린 삶의 작은 이야기들이다.

그리고 서예와 관련된 글들은 붓끝에서 익은 생각과 경험을 나누고자 했던 흔적들이다. 서예는 단순히 글씨를 쓰는 일이 아니다. 붓을 드는 것은 마음을 가다듬는 것이며, 그 시간 속에서 자신의 내면을 마주하게 된다. 붓끝에 담긴 숨결은 곧 나의 성정(性情)이다.

뒤에 실은 한시들은 오랜 세월 내 마음을 적셔온 시의 조각들이다. 때로는 자연의 품에서, 때로는 사람들과의 인연 속에서 붓끝의 리듬으로 묵향에 젖어 불러 본 노래들이다.

돌이켜 보면 글을 쓰고 붓을 잡는 일은 언제나 나에게 즐거움이었다. 삶의 무게를 견디며 마음을 고요히 가다듬을 수 있었고, 그 안에서 나를 비추어 보며 하루하루를 새롭게 할 수 있었다.

　여기에 게재된 글들은 당연히 내 안의 작은 목소리로 내가 걸어온 삶의
흔적들이다. 일상의 단상들을 모아 한 줄의 글, 한 편의 시로 담았다. 내
삶의 조용한 순간들이 먹빛을 타고 번져 나갔듯, 이 글들이 한 폭의 수묵
화처럼 먹빛으로 번져 읽는 이에게 고요한 향기로 스며든다면 큰 기쁨일
것이다.

2026년 정월 삼각산 자락에서

제남　박형순　삼가

차례

제2부 서예 연재

흐르는 먹의 노래

제3부 漢詩(한시)

먹빛에 스민 마음

추천사

바람이 머물다 간 자취

나는 "작가"라고 불리는 것을 좋아한다. 이러저러한 모임에서 나를 "시인"이라고 부르는 이들이 많지만, 개인적으론 詩人(시인)보다 作家(작가)로 불리길 선호한다. 그 이유 중 하나는 나 스스로 詩(시)뿐만 아니라, 隨筆(수필)을 비롯한 다른 문학 장르를 넘나들고 있다고 생각하기 때문일 것이다.

나의 隨筆(수필)은 경험이나 느낌 따위를 일정한 형식에 얽매이지 않고 자유롭게 서술한 것이다. 삶의 한가운데서 겪은 경험과 개인적인 감회를 특별한 장식 없이 솔직하게 풀어낸 것이다. 나는 이러한 수필을 쓰면서 스트레스를 해소하기도 하고, 행복 지수를 높이기도 한다.

친절의 기쁨

기쁨의 종류는 참으로 다양하다. 합격이나 취직의 기쁨, 결혼의 기쁨, 임신의 기쁨, 승진의 기쁨 등등 다양하지만, 친절을 베푸는 기쁨 또한 작다고 할 수 없다.

지난 목요일 서초동에 있는 회사 업무를 마치고 송천동의 자치회관으로 향했다. 자치회관에 등록한 모 강좌 시간에 맞춰서 가는 중이었다. 교대역에서 3호선 지하철을 기다리고 있는데, 점잖게 생긴 노인 한 분이 내게로 다가온다. 어떤 중요한 자리에 갔다 오는 길인지 정장에 넥타이도 매고 있다.

"종로 3가에 가려면 이곳에서 타는 것이 맞나요?"
"예~ 맞습니다. 이곳에서 타시면 종로 3가로 갑니다."

그런데 앞의 스크린도어에 적혀 있는 "2호선 왼쪽(←) 서초 사당, 오른쪽(→) 강남 잠실"이라는 표시를 보고, 다시 묻는다.

"이게 2호선인가요? 여기서 타면 사당으로 가나요?"
"아닙니다. 이 표시는 2호선으로 갈아 타실 분 중 사당 방면으로 가실

분은 왼쪽, 강남 방면으로 가실 분은 오른쪽으로 가라는 표시입니다. 종로3가에 가시려면 이곳에서 타시는 것이 맞습니다. 최종 목적지는 어디신데요?"

"광운대역에 가는데, 종로3가에서 갈아타면 된다고 하더군."

"예~ 맞습니다. 이거 타고 가다가 종로3가에서 1호선으로 갈아타시면 되겠습니다."

"그렇군요. 나이가 들은 탓인지 자꾸 확인하게 되네요. 내 나이가 아흔둘이라오."

나이가 아흔둘이라고 하니, 내 어머니와 비슷한 연세이다. 그 연세에 이렇게 대중교통을 이용할 수 있다는 것만으로도 대단하다는 생각이 들었다.

"저는 충무로에서 갈아타는데, 종로3가는 저 내린 후 두 정거장만 더 가셨다가 내리시면 되겠습니다."

그리고 열차가 와서 탔는데, 빈자리가 없다. 아무리 나이가 아흔이 넘었어도 지체 부자유자나 임산부가 아니면 자리 양보받기는 쉽지 않다. 다행히 다음 역인 고속터미널역에서 많은 사람들이 내리는 바람에 함께 자리에 앉을 수 있게 되었고, 이런저런 이야기를 나누며 동행을 하였다. 그런데 열차가 설 때마다 무슨 역인지 자꾸만 확인을 한다. 그래서 저 내린 다음 두 정거장째 내리라고 다시 말씀드리곤 하다가, 충무로역에서 조심해서 가시라는 인사를 나누고 헤어졌다. 92세라는 나이에도 저렇게 옷을 단정하게 차려입고 대중교통을 이용하는 그분의 모습에 미소가 저절로 지어졌다. 무엇보다 조금이라도 친절을 베푼 나 자신의 뿌듯함으로 발걸음이 가벼워졌다.

그 어르신과 헤어진 후 나는 충무로역에서 4호선으로 갈아탄 후 다시 성신여대역에서 우이신설 경전철을 탔다. 삼양사거리역에서 1번 출구 쪽의 엘리베이터를 탔는데, 이번엔 어떤 지체 부자유자가 꾸깃거리는 종이에 잘 쓴 글씨는 아니지만, 또박또박 쓴 주소를 내밀며 어떻게 가는지 어눌하게 묻는다.

"여기에 가려면 이곳으로 가는 것이 맞나요?"

누구나 그렇겠지만, 자주 다니는 길에 있는 건물이라도 크게 관심을 두지 않으면 잘 알지 못한다. 정성을 기울인 글씨로 "광희빌딩"이라고 한글로 적혀 있다. 삼양사거리역 1번 출구로 나와서 사거리 횡단보도를 지난 후 왼쪽으로 약 50M라고 쓰여있다. 빌딩은 몰라도 대충 어디쯤인지 알 수 있을 것 같았다.

"예~ 맞습니다. 이 길로 쭉 가면 삼양사거리가 나옵니다."

지체 부자유자인 탓으로 걸음이 엄청 느리다. 내가 아무리 천천히 걸으려 해도 보폭을 맞추기 힘들다. 무엇보다 그 사람은 나를 믿지 못하는 것인지, 아니면 더 확신을 갖기 위함인지 뒤에서 다른 사람에게 또 주소가 적힌 그 종이를 내미는 것이었다. 대부분의 사람들이 그렇듯이 큰 건물이 아닌 일반 건물 이름을 아는 경우는 드물다. 종이를 보며 고개를 가로젓는 이를 볼 수 있었다.

사실 나는 삼양사거리까지 가지 않고 그 전의 골목길로 접어들어서 자치회관에 가곤 하였지만, 수업 시간에 늦더라도 확실하게 알려 주는 것이 낫겠다 싶어 빠른 걸음으로 그곳에 그런 건물이 있는지부터 반대편에서 확인하고 돌아왔다. "광희"는 한글이 아닌 한자로 "光希"라고 적혀 있었다. 한자를 모르는 사람 같으면 아예 알지 못할 건물이었다. 그 지체 부자유자는 걸음이 늦은 탓으로 아직도 사거리에 오지 못하고 있었다. 다른 사람에게 또 종이를 내밀고 있었다.

"저~ 제가 확인하고 왔으니, 이제 나만 따라오시면 됩니다. 가고자 하시는 그곳으로 제가 안내해 드릴게요."

"예~ 알겠습니다. 姓(성)이 어떻게 되세요?" 그 사람은 왜 갑자기 성을 물어보는지 모르겠다.
"朴(박)입니다."
"아~ 그러세요. 저도 박가입니다. 밀양 박가입니다."

같은 박가인 탓인지 조금 더 가깝게 느껴졌다. 그 사람의 보폭에 최대한 맞추려고 애쓰며 걸었다.

그렇게 그 건물에 함께 도착한 후 일 잘 보시라는 말을 하며 헤어졌다. 서초동에서 시간에 맞게 나선 탓으로 결국 수업 시간엔 약 10분 지각을 하게 되었다. 하지만, 왜 그렇게 나 자신이 뿌듯하던지, 그날 수업에 참석 못 해도 괜찮다는 생각이 들었다.

세상은 혼자서 살아갈 수 없다. 다른 사람에게 도움을 주고, 도움을 받지 않고는 살 수 없다. 도움을 받는 것보다 도움을 주며 살아가는 것은 큰 기쁨이다. 도움을 다른 말로 한다면 따뜻함이다. 친절을 베푼다는 것은 사람과 사람 사이를 따뜻하게 하는 아름다운 마음이며, 보통 사람의 모습이다.

갑자기 온 손님

이렇게 11년 만에 이 손님이 다시 찾아올 줄 몰랐다. 봄과 함께 찾아오는 꽃 향기도 아니면서, 11년 전 봄에 왔던 것처럼 느닷없이 이렇게 찾아올 줄 전혀 예상하지 못했다.

물론 어느 정도 징조는 있었다. 일교차가 심한 날이 계속되면서 간혹 머리가 아프고, 이명현상이 심해졌으며, 시력 저하를 느낄 수 있었다. 그래서 시간을 내어 제일 불편한 눈 검사를 위해 안과를 먼저 가볼까, 아니면 이비인후과부터 가 볼까를 고민하던 중이었다.

사실 그것보다 더 걱정되는 것은 의식이 혼미해지는 것을 최근 몇 차례 경험했다. 그럴 때마다 혹시 뇌졸중이 아닌가 하는 걱정을 하면서 인터넷 정보로 누가 알려 준 STR을 해 보았다. 웃어보는 Smile, 말을 해 보는 Talk, 두 팔을 올려보는 Raise를 해 보니 안 되는 것은 없기에 큰 걱정을 내려놓곤 했다. 그렇다고 불안이 완전히 달아난 것은 아니었다.

그러다가 이틀 전부터 왼쪽 눈으로 윙크를 하는 것이 힘들어졌다. 양치질을 한 후 물을 뱉기 전 오물거리는 것과 물을 안 새도록 가둬 놓는 동작에서 불편함을 느꼈다. 순간 11년 전에 왔었던 안면마비 현상이라는 것을 직감할 수 있었다. 그러면서 거울을 보고 눈썹을 치켜올리니 불안하게 양쪽 모두 올라가는 것이었다. 당시 한쪽만 올라갔다면 차라리 심리적으로 더 안정이 되었을지 모른다. 그런데 이 경우 양쪽 다 올라간다는 것은 중추신경의 이상을 예상할 수도 있기 때문이다. 단순 안면마비 이상의 다른 큰 병일지도 모른다는 생각이 다시 몰려왔다.

집사람에게 말했더니 당장 종합병원으로 가 보자고 한다. 역시 종합병원이라는 곳은 진찰을 받는데, 엄청 오랜 시간이 필요하다. 접수 후 2시간 이상 기다려서 의사 선생님을 만날 수 있었고, 여러 가지를 간단하게 체크하더니 몇 가지를 조사해 보아야겠다는 것이다. 우선 뇌 MRI 검사를 제일 빠른 것으로 해서 당일 밤 8시 20분에 받기로 했다. 그리고 수일 후 얼굴의 말초신경 이상 여부를 알아보기 위해 근전도검사를 받기로 했다.

걱정되는 마음을 안정시키며 종합병원에서 나온 이후 집 근처의 한의원에 갔다. 역시 얼굴 부위에 맞는 침은 많이 불편하다. 그래도 어쩔 수 없다. 11년 전에도 수개월 동안 얼마나 많이 맞던 것이었던가. 어느덧 과거의 기억을 더듬어 나는 침 맞는 것에 익숙한 사람이 되어 있었다. 이번엔 또 얼마나 오랜 기간 맞아야 될지 모른다.

하루가 지나고 이틀이 지나면서 안면마비는 조금씩 더 악화되기 시작하였다. 입을 오므려 부는 휘파람 소리를 내는 것도 힘들고, 매우 어렵게라도 윙크를 할 수 있었던 왼쪽 눈의 윙크는 아예 할 수가 없게 되었다. 그래도 일찍 치료를 시작한 덕분인지 악화 속도가 더딤을 알 수 있었다. 이렇게라도 내 얼굴이 버티고 있다는 것에 감사의 마음을 가졌다.

약 1주일이 지나 MRI 판독 결과와 근전도 검사 결과를 들으려고 H 종합 병원에 갔다. 천만다행으로 중추신경에 이상이 있는 것은 아니었다. 정말 감사한 일이다. 다만 일부 구간에서 혈관이 좁아졌다는 소견을 들었다. 수년 전에 끊었던 고지혈증 약과 더불어 관련된 약 40일분을 처방받았다. 조금씩 악화되던 증상은 이제 멈춘 상태다. 이제 반환점을 돌아섰다고 본다. 꾸준히 치료하면 서서히 나아질 것이라는 소견이다.

모든 결과엔 원인이 있다. 그동안 이렇게 바이러스가 침투하도록 관리를 잘 못한 탓이 크다. 나름대로 관리한다고 했지만 부족했다. 나 어렸을 적 할머니가 중풍으로 오른쪽 팔다리가 마비되어 약 7년간 고생하시다가 돌아가셨다. 불쌍한 우리 할머니가 장손자를 보살핀 탓으로 당신과 같은 상황이 되지 않도록 했다는 생각도 든다. 지금은 그저 이만한 상황에 감사할 따름이다.

오늘도 난 한의원에 다녀왔다. 마비된 왼쪽 얼굴에 물리적 자극을 줘야 된다고 하면서 선생님은 꼼꼼하게 최선을 다한다. 이런 의사 선생님을 만난 것도 고마운 일이다. 누구보다 제일 마음고생이 심했을 집사람도 이제 한숨을 돌리는 것 같다.

갑자기 찾아온 이 손님을 나는 잘 다독거려서 빨리 보내도록 할 것이다. 그리고 다시는 오지 않도록 나의 몸 관리에 좀 더 많은 신경을 써야겠다고 다짐한다.

노 다이셀프

"너 자신을 알라(Know thyself)"는 말은 고대 그리스의 대표적인 철학자 "소크라테스"가 한 말로 유명하다. 늘 겸손한 자세를 갖춰야 한다는 의미로 자신의 무지를 아는 것이 진리를 깨달을 수 있는 출발점이 된다고 강조한 말이다.

나의 지난 과거를 돌이켜볼 때 간혹 그런 생각이 든다. 내가 속세에서 흔히 말하는 출세를 하지 못한 가장 큰 이유는 겸손해야 할 때, 겸손하지 못했던 탓이 크다. 물론 나를 내세워야 할 때 내세우지 못한 탓도 있겠지만, 그보다는 낮춰야 할 때 낮추지 못한 탓이 크다. 그래서 지금부터라도 겸손한 사람이 되자고 다짐하지만, 쉽지는 않다. 다만, 이러저러한 사람을 만나며 반면교사로 삼는다.

자치회관엔 다양한 문화프로그램이 있다. 취미, 건강, 노래, 악기, 외국어 등이 있는데, 가장 큰 장점은 등록비가 매우 저렴하다는 것이다. 그리고 강사들은 수많은 지원자 중에서 선발된 탓인지 대부분 해당 분야에서 우수한 사람들이다. 따라서 자치회관은 시간만 허락한다면 배우고 싶은 강좌에 등록하여 자신의 발전을 도모할 수 있는 좋은 곳이라고 본다.

물론 등록비가 싸고 강사가 괜찮다고 해서 모든 강좌가 인기가 있는 것은 아니다. 모집 정원에 크게 미달하여 폐지되는 강좌도 있고, 회원 사이의 다툼으로 분위기가 험악해지는 경우도 있다. 이러저러한 강좌에서 개성 있는 회원들을 보며 여러 가지를 보고 느낀다.

함께 배우는 회원들을 위해 봉사하고 희생하는 총무나 그런 역할을 하는 이에게는 박수를 보내지만, 얌체족을 보면 기분이 상하기도 한다. 간혹 회원들이 단합 등을 명목으로 식사를 할 때 경비 부담에서 빠지려고 하는 사람을 본다. 모임에 총무가 있어서 부담 금액을 말할 경우는 좀 다르지만, 일반적으로 애매한 자리에서 그 모임의 특별한 사람은 제외하고, 대부분 십시일반으로 알아서 부담을 하거나 누가 자진해서 전액 부담을 하는데, 아예 관심조차 갖지 않는 이를 보면 마음이 씁쓸해진다.

더 나아가 술을 좋아하여 남에게 계속 권하기도 하면서 계속 추가로 술을 시켜 식대가 예상보다 훨씬 많이 나왔음에도 자기 지갑엔 손도 대지 않는 사람을 보면 껄끄러운 가마니를 쓴 기분이다. 한두 번도 아니고 계속 반복되는 경우는 자연 멀어질 수밖에 없다.

"배려가 반복되면 당연한 권리인 줄로 안다"는 말이 떠오른다.

오래전 IBK 은행 S 지점의 차장으로 부임했을 때 D 기업체의 사장이 생각난다. 당시 그 사장은 남편과 사별 후 업체를 물려받아 경영하는 40대 여성으로 미모도 있었지만, 약간은 독한 인상이었다. 여, 수신거래에서 은행에 큰 기여를 하는 업체가 아닌 탓으로 송금 수수료를 포함한 각종 수수료 면제 대상은 아니었다. 그런데 당시 나의 전임 차장은 그 사장을 예쁘게(?) 본 탓인지 그 업체에 대한 거래에서 각종 수수료를 모두 면제해 주었다. 실제로는 면제를 해 준 것이 아니고, 섭외활동비로 지원을 해 준 것이었다. 수일이 지난 어느 날 이상한 지출을 발견한 나는 담당자에게 이것은 어찌 된 것이냐고 묻지 않을 수 없었다. 그 직원은 전부터 있었던 사연을 말하는 것이었다. 나는 규정과 원칙에 위배돼서는 안 된다고 직원을 나무랐다. 지점의 비용을 아낀다기보다 규정에 어긋나는 업무 처리는 옳지 않다고 본 탓이다.

그다음 날 그 사장은 눈을 크게 치켜뜨고 내 자리로 오더니 수수료가 찍힌 전표를 기분 나쁘게 던지며 말하는 것이었다.

"난 송금 수수료 면제 대상인데, 박 차장님이 나에게 수수료를 받으라고 했다면서요?"

"수수료 면제 대상이면 전표에 수수료가 찍히는 대신 면제라고 찍힙니다."

"난 지금까지 송금 수수료를 내 본 적이 없는데, 왜 박 차장이 오시고 나서 내라고 변경이 되었습니까?"

"제가 변경을 시킨 것이 아니고, 본래 D 업체는 면제 대상이 아니었습니다."

"잘 보세요. 본점에 오래 있어서 업무를 잘 모르시는 것 같은데, 前(전)의 김 차장한테 인수인계 안 받으셨나요? 똑바로 일하세요."

이 사람은 막무가내이다. 자기는 못 내겠으니 알아서 하라는 식이다. 그리고 지점장이 있는 2층 응접실로 올라가는 것이었다. 조금 있으니 지점장이 나를 부른다. 지점장도 오래전부터 그 여자분과 잘 알고 지낸 사이였는지 대화를 나누며 입이 귀에 걸려 있었다. 지점장은 나를 보더니 약간은 신경질적으로 말한다. 이 업체는 향후 거래 확대가 예상되고, 은행에 대한 기여도 상승이 예상되니 특별 대우해 주라는 취지의 말이었다.

우울한 하루이었다. 그런 논리라면 다른 일반 고객들도 D 업체처럼 향후 기여도 제고가 예상되니 각종 수수료를 면제해 달라고 하면 어찌할 것인가? 솔직히 형평성 측면에서도 옳지 못한 업무 처리이다. 무엇보다 수년에 걸친 은행의 베풂을 당연한 것으로 여기는 그 사장이 괘씸하지 않을 수 없었다. 배려가 계속되면 당연한 것으로 여긴다더니 바로 그런 경우이었음은 물론이고, 나에 대한 무례에 대하여 기분이 나쁠 수밖에 없었다.

사실 베풂이나 배려는 사람과 사람 사이를 따뜻하게 하는 아름다운 마음이며, 보통 사람들이 갖고 있는 삶의 모습이다. 하지만, 배려라는 것도 정의나 형평성 보다 앞설 수는 없다고 본다. 비행기를 탈 때 이코노미석을 끊은 사람에게 비즈니스석의 서비스를 제공할 수는 있겠지만, 이코노미석을 끊은 이가 비즈니스석 서비스를 당연한 것처럼 요구하는 것은 있을 수 없는 일이다. 제공자의 기분을 더럽히는 일이다. 당시 D 기업체는 이코노미석의 업체이면서 기장이나 부기장과의 친밀관계를 내세워 비즈니스석, 더 나아가 퍼스트클래스(일등석)인 것처럼 서비스를 요구한 것과 같다.

이러한 것들을 반면교사(反面敎師)로 삼아 자신을 수양해야겠다는 생각을 해 본다. 오늘은 겸손을 가슴에 살포시 담아 본다. 노 다이셀프(Know thyself)라고 지금 나에게 말하고 있다.

이 부끄러움을 어찌할까

지난(2023년) 광복절 "경향신문"에 梅泉(매천) 黃玹(황현) 선생과 관련한 기사가 있었다.

그 기사를 읽어 내려가는 중 아래의 글을 읽고 가슴이 콱 막혔다.

"나라가 이 지경이 되었는데 순절해야 할 사람은 누구입니까."

1910년 9월 6일이었다. 경술국치(8월 26일) 소식이 뒤늦게 매천 황현(1855~1910)이 은거하던 전남 구례에 전해졌다.

이때 동생(황원, 1870~1944)은 형(매천)에게 실명까지 거론하면서 "나라가 망했는데, 왜 '아무개 공(某公)'같이 인망(人望)이 두터운 분이 죽지 않고 있는 거냐"고 책망했다. 매천이 씩 웃었다.

"나는 그러지 못하면서 남이 죽지 않는다고 뭐라 해서 되겠느냐."

이틀 뒤인 9월 9일 새벽 매천은 홀연히 붓을 들어 '절명시' 4편과, 유서('순국의 변') 등을 써 내려갔다.

여기에서 "인망이 두터운 아무개 공(某公)"을 읽는 순간 그 '아무개 공'이 나의 고조부일 것이라는 것을 직감으로 느끼지 않을 수 없었다. 매천 선생의 절친인 錦士(금사) 朴恒來(박항래) 공이다. 나의 고조부는 구례 군수 시절부터 매천 선생과 글을 주고받으며 친하게 지냈다. 물론 신문에 난 기사라고 해서 사실과 다 맞는 것은 아니다. 우선 경술국치일도 8월 29일인데, 8월 26일로 되어 있고, 이 신문의 마지막 부분의 기사 내용(이름도 박창래로 되어 있으며 옥중순국했다는 부분 등)은 엉터리이기 때문이다.

매천 선생의 작고일도 조금씩 다르다. 백과사전엔 9월 7일, 기사엔 9월 9일, 또 어느 곳엔 9월 10일로 되어 있다. 물론 일자가 중요한 것은 아니다. 분명한 것은 나라가 망했다는 소식을 접하고 매천 선생이 그 유명한 절명시와 유서를 남기고 자결을 했다는 것이다. 반면 나의 고조부는 자결하지 않았다.

매천 선생의 절명시 중에서 가장 유명한 부분을 옮겨 본다.

황현(黃玹)의 한시, 절명시 〈매천집〉

鳥獸哀鳴海岳嚬(조수애명해악빈)
槿花世界已沈淪(근화세계이침륜)
秋燈掩卷懷千古(추등엄권회천고)
難作人間識字人(난작인간식자인)

새 짐승도 슬피 울고 강산도 찡그리니
무궁화 온 세상이 이젠 망해 버렸어라
가을 등불 아래 책 덮고 지난날 생각하니
인간 세상에 글 아는 사람 노릇이 어렵기도 하구나

다시 계속해서 신문 기사에 있는 아래 내용을 보며 부끄러워진다. 한편 당시 고조부께서는 어떤 심정이었을까를 생각하니 착잡해지지 않을 수 없다.

매천은 홍만식·민영환·조병세의 자결 순국 기사를 써 내려가면서 본인 스스로도 그들의 뒤를 따를 결심을 한 것 같다.

1906년 6월 매천의 절친이자 독립운동가 박항래(1853~1933)에게 보낸 편지를 보라.

"순절한 분들 외에… 그 밖의 대소 관료 중에는 한 사람도… 자신의 의지를 표한 자가 없었습니다. 금사(錦士, 박항래의 호)도 그랬는데 그 밖의 용렬한 관리들이야 말해 무엇하겠습니까."

매천은 자성부사와 구례군수, 여산군수를 지낸 박항래에게 "국록을 먹고 있는 관원이 왜 자결하지 않느냐"고 일침을 가한 것이다. 나라를 그 지경으로 만든 책임을 져야 할 관리들조차 수수방관하고 있는 상황을 안타까워한 것이다.

참고로 금사 박항래는 1853년생이고, 매천 황현은 1855년생이다. 위 내용은 매천 황현이 친구인 금사 박항래를 꾸짖는 말이다. 내가 꾸지람을 듣는 듯하여 얼굴이 붉어진다.

위 기사에서도 약간 거슬리는 부분은 있다. 고조부는 종2품(가선대부)이던 1905년 을사보호조약이 체결되자 공직에서 퇴임하고 시골(금산 제

30

원)에 정착하고 있었다. 당시 親日(친일)이 나라에 도움이 되고 보탬이 된다는 논리로 이완용의 입각 권유가 있었지만 이를 거절하고 물러나 있을 때이다. 따라서 위의 1906년은 고조부가 이미 야인 신분으로 국록을 먹고 있을 때가 아니다. 다만 과거 국록을 먹었던 자로서 나라가 망한 책임을 느껴야 한다는 말에는 동의한다.

매천의 자결 이유를 보면 더 숙연해진다. 대부분 다 아는 내용이지만, 기사 내용을 그냥 인용한다.

■ 내가 죽어야 할 의리는 없지만…

우선 '순국의 변'을 보라.

"나는 죽어야 할 의리는 없다. 다만 국가에서 선비를 길러온 지 500년이 되었는데, 나라가 망한 날을 당해 한 사람도…죽는 자가 없다면 어찌 통탄스러운 일이 아니겠느냐."(<매천집>)

그렇다. 매천은 56살이 되도록 벼슬에 나간 적 없는 선비 신분이었다. 따라서 '포의의 선비로서 굳이 죽을 의리는 없다'고 전제한 것이다. 그러나 곧 천고의 명언이 나온다.

"500년 지속된 나라가 망했는데, 따라 죽는 선비가 단 한 명도 없다면 얼마나 통탄스럽겠느냐"는 것이다.

그러면서 "나는 위로 하늘에서 받은 떳떳한 양심을 저버리지 않고, 아래로 평소 읽은 책의 내용을 저버리지 않으려 한다…너희는 지나치게 슬퍼하지 말라"고 당부했다.

▲동생 황원(1870~1944, 독립운동가)이 전한 매천 황현의 자결 순국 이야기에 보면, 동생이 극약을 마신 형의 목숨을 구하려고 해독제를 쓰려 했지만 매천은 "세상일이 이쯤 되면 선비는 의당 죽어야 한다"고 약사발을 엎어 버렸다.

나는 금사 고조부를 뵌 적이 없다. 나보다 약 100여 년 전에 태어나서서 내가 태어나기 약 20여 년 전에 돌아가셨기 때문이다. 그분이 매천야록에도 나라를 위해 한 일이 나오지만, 큰일을 하셨다는 소리는 어려서부터 듣고 자랐다. 후손들 중 그만한 인물이 없다는 동네 어른들의 말도 많이 들었다. 고조부가 대단한 사람이었음은 틀림없다. 인물 천냥, 말 천냥, 글 천냥이라고 해서 삼천 냥의 인물이라고 하였다. 당시 천냥은 비유적으로 엄청 큰 숫자이었다. 고조부는 글을 잘 짓는 사람이었으나, 아쉽게도 고조부가 쓴 글들이 세상에 알려진 것은 별로 없다.

각종 기록에는 그저 유명한 매천 황현 선생과 관련된 글만 보일 뿐이다.

매천 선생의 친구는 아래와 같은 사람들이었다는 것을 알 수 있다.

이건창, 김택영 등과 꾸준한 교유관계가 이어졌다.

학문을 연마할 때도 틈틈이 시간을 내어 집에서 가까운 풍광이 수려(秀麗)한 천년고찰(千年古刹) 천은사(泉隱寺) 수홍루(垂虹樓) 난간 위에서 운조루(雲鳥樓) 5대 주인 유제양, 소천 왕사찬, 해학 이기, 구례군수를 역임한 시 잘 짓는 금사 박항래(錦士 朴恒來) 등과 어울려 시를 읊고 시국(時局)을 논했다.

출처 : 뉴스서치(https://www.newssearch.kr)

매천 선생이 시인, 문장가, 역사가, 우국지사로 소개되곤 하는데, 시 잘 짓는 금사 박항래의 글들이 지금까지 전해져 왔다면 금사 선생의 평가는 더 높아졌을지 모른다. 더 아쉬운 것은 잘 쓰는 글솜씨로 매천 선생의 절명시 같은 시 한 수 남기고 행동으로 옮겼다면 역사의 평가가 달라졌을 것이다.

매천선생이 1910년 9월 10일 자결했다는 소식을 듣고 고조부는 어떤 심정이었을까? 초야에서 후학들을 양성하며 미래의 희망을 보며 사는 것이 나은 것인지, 자결을 하는 것이 나은지 당시로서는 판단하기 힘들었을지도 모른다. 만약 고조부도 매천선생처럼 자결했다면 그와 비슷한 역사의 인물이 되었을까?

매천 선생이 편지에서 고조부가 자결하지 않은 것을 탓했다는 글을 보며 후손으로 착잡한 마음이 되어 고조부의 변명을 써 본다. 일제 치하에서 힘들게 사시다가 돌아가시기 직전인 1930년대로 돌아가서 고조부의 심정을 나름대로 상상하며 나열해 본다. (아래 문장은 고조부의 글이 아니고, 내가 고조부의 심정이 되어 쓴 글이다.)

후회

차라리 자결이나 할 걸

치욕스러운 하늘을 보고 사느니

일찌감치 땅속으로 들어가

독립의 거름이나 될걸

나라가 망했는데

벼슬이 무슨 소용이고

가르치는 것이 무슨 대수인가

글 줄이나 읽는 사람으로

목숨부지가 최선은 아닐 터

후학들을 돌보면서

사반세기 더 밥 먹는다고

어둠이 걷히는 것도 아니었으니

국치의 소식이 들리는 날

매천 친구처럼

절명시나 읊으면서 사라졌다면

구차하게 후회도 없었을 것을

나는 고조부와 같은 시대의 지성인도 아니고 그럴듯한 벼슬을 한 사람도 아니며 후세의 사람을 가르칠만한 실력도 갖추고 있지 않기에 고조부의 마음을 대변할 수는 없다. 다만, 어렸을 때 아버지로부터 들은 말을 참조하여 나의 좁은 소견으로 위와 같은 마음을 지니고 있었을 것이라고 짐작해 본다.

그날그날 어떠한 결정을 하며 살아야 될까를 생각해 본다.
그런데 어쩌면 후회하면서 사는 것이 인생인지도 모르겠다.

직도(直道)를 바라보며

바지를 하나 샀다. 살 때 분명 내 허리 치수에 맞게 샀고, 그 후 바지 길이를 적당한 길이로 줄였는데, 이상하다. 입을수록 뭔가 어색하다. 허리는 예상외로 넉넉하고, 길이는 짧다. 요즘 젊은이들 사이에 바지를 짧게 입는 것이 아무리 유행이라고 하지만, 아무리 봐도 나한테는 어울리지 않는다. 다른 바지들과 비교하면서 제대로 길이를 잘 쟀다고 여겼는데, 그게 아니다. 사실 이런 착오가 바지 하나뿐이겠는가.

과거를 돌아볼 때 이런 경우가 허다하였다. 실제로 시행착오라는 것을 숱하게 거치며 사는 것이 인생이리라. 과거의 바름(正)이 곧 현재의 바름(正)이라고 단정 짓는 것도 무리이다. 이런 이유 등으로 법이나 제도가 시대의 흐름에 맞게 바뀌기도 하고, 장소에 따라 적용되는 기준이 다르다고도 본다. 분명한 것은 눈으로 보이는 것이 다 맞는 것이 아니고, 자기 생각이 다 올바른 것도 아니다.

따라서 좀 더 정확한 눈을 갖기 위해 수시로 독서나 경험을 통하여 자신을 갈고닦아야 한다. 또한 살아가면서 자신을 수시로 점검도 해야 한다. 그런 의미에서 정당하다고 여기는 자신의 생각이 다른 잣대로 볼 때는 그렇지 못하다는 것도 인정할 줄 알아야 한다. 무엇보다 좀 더 높은 곳에서 좀 더 넓게 바라볼 줄 알아야 한다. 그러기 위해서는 독서보다 더 좋은 것은 없다고 본다. 죽을 때까지 끊임없이 책을 읽고 성현들의 말씀을 새기는 것이야말로 바른 길을 갈 수 있는 지름길이다. 그래서 우리는 논어나 성경을 비롯하여 수많은 책을 읽는 것이리라.

내 기억으로 2009년 봄이었다. 서울 근처의 C 골프장에서 라운딩 약속이 있었다. 티오프(tee off) 시간보다 훨씬 일찍 도착하여 접수대에서 이름을 적고 로커룸(lockerroom)에 들어갔을 때이다. 옷을 갈아입으면서 옆에 앉아 있는 사람을 보니 낯이 익은 분이었다.

그 사람은 매스컴에서 자주 보던 "조경철 박사"였다. 우리나라 사람이라면 대부분 다 아는 사람으로 유명한 우주과학자이다. 그의 천문학에 대한 열정과 뛰어난 연구 업적은 국내외에서 높이 평가되고 있다는 것도 대부분 아는 사실이다. 또한 그는 천문학을 좋아하는 사람들뿐만 아니라 일반 대중에게도 인기가 높았다. 그분은 옷을 다 갈아입고 잠시 쉬고 있었던 것이다. 그분도 나처럼 여유 있게 도착했던 모양이다.

지금은 말할 것도 없지만, 당시만 해도 대부분의 로커룸에서는 금연 지역으로 담배를 피울 수 없었다. 그런 곳이 금연이라는 것은 일반 상식이다. 그런데 희한하게 그곳 로커룸에 재떨이가 있는 것이었다. 사실은 재떨이가 아닌데, 꼭 재떨이처럼 보이는 것이었다. 여하튼 이곳에선 흡연해도 괜찮다는 생각을 들게 하는 물건이 놓여 있었다. 그래서 나도 당시 담배를 피울 때였기에 시간 여유도 많고 하니, 옷 갈아입고 여기서 한 대 피우고 나갈까 하는 생각을 살짝 가지고 있었다.

그때 조 박사님이 담배를 꺼내 피우는 것이었다. 조금 있으니 로커를 관리하는 직원이 다가온다. 그 직원은 "조경철 박사"가 어떤 분인지 모르는 눈치다. 사실 TV에 자주 나오고 유명하다고 해서 모든 사람이 다 아는 것은 아니다.

"아니~ 여기서 담배를 피우면 어떡합니까?"
"여기 담배 재떨이가 있어서 피워도 괜찮은 것으로 알고 그랬습니다."
"아니~ 이게 어떻게 재떨이로 보인단 말입니까? 그리고 설사 재떨이로 보여도 여기서 담배를 무는 사람이 어디 있습니까?"
"미안합니다. 내 눈엔 재떨이로 보여 그랬습니다"
그랬더니 그 직원은 조 박사가 몇 모금 빨지 못하고 비벼 끈 담배를 비닐 봉투에 담아 나가면서 투덜거린다.
"참말로 상식 없는 인간이로군. 어떻게 여기서 담배를 피운단 말인가~"
내가 옷 갈아입는 중에 일어난 일로 마침 로커룸엔 둘만 남아 있었는데, 박사님은 약간 언짢은 톤으로 말씀하신다.

"이게 재떨이로 보여서 피웠는데… 잘못한 것은 맞지만, 상당히 인상을 쓰는군. 허~ 허~"
특유의 눈 웃음과 선한 인상으로 말씀하시는데, 들을 사람은 나밖에 없기에 조용히 대꾸하였다.
"박사님~ 신경 쓰지 마세요. 제 눈에도 이것이 재떨이로 보입니다. 저도 한 대 피울까 생각을 했었습니다."
그랬더니 박사님은 빙그레 미소 짓는다. 그로부터 약 1년 후 (2010년) 박사님의 사망 소식을 들었다. 정말 세상 일은 모른다. 그분이 그렇게 가실 줄은 몰랐다. 착한 일 많이 하고 심성 고운 사람이 평균 이상으로 오래 사는 것도 아니다.

사실 내 기준으로 볼 때 위의 상황은 재떨이로 착각하게 만든 골프장의 잘못이다. 담배를 피운 사람을 나무랄 것이 아니고, 왜 손님이 담배를 물었는지 그 원인부터 파악하는 자세가 아쉬웠다. 아마 모르면 몰라도 그곳에 그 물건이 있는 한 계속 유사한 일이 일어났으리라고 본다.

그리고 그곳 골프장 직원의 언행도 못마땅하다. 상식이 어쩌고 하면서 신경질을 내는 모습은 상당히 불쾌하였다. 우선 남에게 뭐라고 하기 전에 자신들의 잘못이 무엇인지부터 알았어야 한다고 본다. 어쩜 이것도 내가 잘못 생각하고 있는지 모른다. 골프장이나 그 직원 입장에서는 아마 다를 것이라고 본다.

다만, 나는 다른 사람의 생각이나 기준을 무시하지 않으면서, 어제도 直道(직도)를 생각하였고 오늘도 직도를 바라볼 뿐이다.

괴로움을 밑거름으로

지금까지 나의 삶을 돌아볼 때 괴로움이라는 것이 가장 큰 부분을 차지했던 것 같다. 물론 기쁨이나 즐거움도 있었고, 슬픔도 있었지만, 괴로움보다 더 많은 시간을 차지하지는 않은 듯하다. 그리고 나를 가장 괴롭힌 것은 다른 어떤 것이 아니고, 바로 나 자신이었다. 물론 괴로움에 있어서 언제나 그 원인 제공자들이 존재하곤 하였지만, 그 원인을 녹이거나 무시해 버리지 못한 나 스스로가 나를 가장 힘들게 한 것이다.

다른 사람들도 그러한지는 모르겠지만, 조용히 나를 생각해 보면 후회가 참 많은 삶이다. 수시로 나타나는 갈림길에서 잘못된 선택으로 원하는 방향과 많이 벗어난 길을 걸을 수밖에 없었던 것들이 큰 후회로 남는다.

어린 시절부터 대충 생각나는 것만 그려 보아도 아쉽게 여겨지는 선택들이 떠오른다. 어린 시절 학교 선택의 잘못은 상급학교로 이어졌다. 어쩌면 그것이 나의 운명이거나 손금이었는지도 모른다. 하지만 고등학교에 가서는 정말 열심히 공부하였다. 그런 노력으로 상위 5%에 드는 당시 나의 실력은 서울의 일류 대학교에 진학할 정도의 수준이었다. 그때 우리 집의 경제 상황이나 자식을 크게 키우려는 부모님의 의지가 있었다면 나의 길은 많이 달라졌을 것이다. 물론 지난 시절에 대한 가정이다. 그러면서 드는 생각은 누구를 탓할 필요가 없다는 생각이다. 모든 것이 나의 용기나 의지가 부족했던 탓이다. 지금 생각하니 내가 나를 이렇게 만든 것이다.

고등학교 졸업 후 서울로 대학교 진학을 하지 못하게 막은 아버지도 아니고, 대학교 2학년 마치고 군에 갈 수밖에 없었던 집안 형편도 아니다. 은행이라는 직장에 들어와 제대로 실력을 발휘하지 못하게 한 몇 명의 상사도 아니고, 사고를 쳐서 나의 길을 막은 몇 명의 부하 직원도 아니다. 특히 W 지점장 시절 지점을 희생시키게 하였을 뿐 아니라, 나의 고과에 빨간 줄을 그어 앞길을 막은 L이나 K도 아니다.

이렇게 쓰면서 위의 "아니다"라고 나열한 것들은 사실 반어법의 언어라는 것을 부인하지는 않겠지만, 먼저 결론을 말했듯이 나를 가장 괴롭힌 것은 바로 나라고 하지 않을 수 없다.

한편 생각하면 이렇게라도 살고 있음에 감사드리지 않을 수 없다. 내가 만약 일류 대학교에 들어갔다면 건방이 하늘을 찔러 제대로 크지 못했을 수도 있다. 가정의 돌봄으로 군에 늦게 가고 고시에 합격하였다면 보통 사람을 무시하며 살았을지도 모른다. 그 뒤 출세하여 국회의원이 되거나 고위 공직자가 되었다면 더 큰 좌절을 맛보았을지도 모른다. 은행에서도 마찬가지다. 지점장보다 높은 자리로 갔다면 업무 스트레스를 견디지 못하고 자살을 하거나 일찍 생을 마감했을지도 모른다.

물론 여기서의 "모른다"라고 나열한 것도 반어법의 표현이라는 것을 부인하지는 않겠지만, 지금 이렇게라도 살고 있음에 감사하는 마음을 뭉개고 싶지는 않다.

이제는 차분히 내려놓자. 더 이상 불행했던 과거를 떠올리며 괴로워하지 말자. 차라리 은행이라는 곳에서 젊은 시절을 보낸 것을 다행으로 생각하자. 은행 생활 29년 중 9년 이상을 지점장으로 있었던 것에 감사하자. 가지 않았거나 가지 못한 길을 부러워하지 말자. 더 이상 나를 괴롭히면서 살지 말자. 사실 난 지금 나를 더 괴롭히지 않으려고 이렇게 주저리주저리 늘어놓고 있는지도 모른다. 나의 방식으로 스트레스를 풀고 있는 것이다.

사람들은 간혹 자신보다 더 불행한 사람을 생각하며 괴로움을 덜어 본다. 지금 나는 "Beethoven(베토벤)"의 소나타 월광 3악장을 우연히 듣고 있다. 왜 그런지 이 음악이 머리를 팡팡 때리기도 하고, 찌르르 몸을 떨게도 한다. 그리고 깔끔하게 갑자기 훅 마무리되어 버린다.

많은 사람들이 "베토벤"을 악성(樂聖)으로 존경하지만 사실 "베토벤"처럼 불행한 삶을 산 사람도 드물 것이다. 그는 귀머거리였고, 반려자도 없이 외롭게 살다가 감기와 폐렴의 합병증으로 57세에 생을 마쳤다.

그러면 방금 들은 이 유명한 "월광"은 어떻게 작곡된 것일까? 다 아는 이야기이지만, 다시 상기해 보면 이렇다. 젊은 청년 '베토벤'은 '줄리에타'라는 여성을 사랑하고 있었다. "내가 사랑하고, 나를 사랑하는 사랑스러운 아가씨"라고 "줄리에타"를 표현했다. 그렇지만 '베토벤'이 사랑하고, '베토벤'을 사랑했던 '줄리에타'는 2년 뒤에 발레 음악가와 결혼을 한 뒤 이탈리아로 떠나 버리고 만다. 그 이유는 가난하고 나이 많은 '베토벤'을 반대하는 '줄리에타'의 아버지가 그녀를 다른 사람과 결혼을 시켜 버린 것이었다. 이에 실의에 빠진 '베토벤'은 '월광'을 작곡했다. 이래서 '루체른' 호수에 비치는 달빛을 떠올리게 하는 '베토벤'의 소나타 '월광'이 탄생한 것이다. 만일 이런 사랑이 해피 엔딩이었다면 이 세상에 '월광'은 태어나지 못했을 것이다.

나의 삶에서 많은 부분을 차지한 괴로움 속에서 나는 무엇을 탄생시켰는가? 졸작의 詩(시) 몇 편이 있다고 하지만, 달빛이나 별빛을 떠올리게 하지는 못했다. 이제부터라도 과거의 괴로움을 씹으며 山光(산광)이나 水光(수광)이라도 만들어야 하지 않겠는가? 그런 생각으로 나는 지금 천천히 쓰고 있는 소설을 훑어보며 조금이라도 빛이 날 수 있도록 다듬고 또 다듬어 본다.

백운로(白雲路)

나는 주로 북한산 흰구름길 구간을 산책한다. 빨래골까지는 집에서 약 1Km이고, 華溪寺(화계사)까지는 약 2Km이다. 따라서 왕복으로 계산하면 짧게는 2Km, 길게는 4Km가 된다. 산책길 코스로 난이도는 경사가 심한 오르막과 내리막이 있어서 中(중) 정도이다.

흰구름길을 여기서는 한자로 白雲路(백운로)라고 부르고자 한다.

白雲路(백운로)는 집 뒤로 이어진 길이기에 자주 걷는 북한산 둘레길의 하나이지만, 계절 따라 변하는 탓인지 매일매일 다르게 느껴진다. 오늘은 집 뒤로 오르는 계단 옆에 하얀 꽃들이 피어있다. 꽃 모양으로 봐서는 들국화 종류이다. 찬 바람이 불어도 꽃 한번 피워 보고 가겠다는 그 일념을 누가 막을 수 있으랴.

국화는 아버지가 좋아한 꽃이다. 나도 겨울이 오기 전에 여기에 핀 꽃처럼 작게라도 한번 피워 보겠다는 다짐을 하며 글을 끄적거려 보기도 하고, 서예도 하면서 시간을 보낸다.

최근엔 나무들이 곱게 단장하였던 옷을 벗고 있다. 떨어진 나뭇잎들이 길에 많이 쌓여 있다. 매달려 있는 나뭇잎들도 대부분 떨어지기 직전이다. 시간은 누구도 거역할 수 없다. 권력이라는 것도 마찬가지이고, 사람의 생명도 마찬가지다.

전망대에서 바라본 도봉산, 수락산, 불암산 등으로 둘러쌓인 강북 지역의 모습에서 옛 모습을 읽는다. 그러다가 빨래골에 이르면 끊임없이 흐르는 물소리가 옛날을 떠올리게 한다. 북한산에서 흘러내리는 물의 양이 많아 '무너미'라고 하며, 궁궐의 무수리들이 빨래를 하러 오던 곳이라는 설명이 있다. 사실 빨래가 목적이라면 이곳은 궁에서 제법 먼 거리이다. 인터넷으로 거리를 조회해 보니 9Km가 넘는다. 당시 좋은 길도 아니었음을 감안할 때 최소 2시간 반 이상은 걸렸을 것이고, 왕복으론 거의 한나절이 걸렸을 것이다. 빨래하고 노닥거리는 시간까지 계산하면 아침 먹고 궁을 나서서 점심은 빨래골에서 해결하고, 늦은 저녁 혹은 어둑해질 무렵에야 궁으로 돌아갔을 것이다. 거리로 볼 때 고등학교 시절의 소풍 수준 정도가 된다.

무엇보다 궁에서 가까운 청계천도 있는데, 무수리들은 왜 이곳까지 왔을까? 궁에서 나오는 수많은 빨래 중 자신의 속곳은 다른 이들의 옷들과 함께 빨기가 좀 꺼렸기 때문이라는 기록이 맞을 것이다. 그리고 왕복만으로도 상당한 시간이 소요되는 점을 감안할 때 마치 병사가 외출 허가라도 받는 것처럼 그렇게 허락을 받아 답답한 궁에서 벗어나기 위함이었을 것이다.

물소리가 끊임없이 들린다. 왠지 웃음소리 같기도 하고, 울음소리 같기도 하다. 조선시대 궁녀들은 빨래를 하면서 울음이 더 많았을까? 웃음이 더 많았을까? 선임 언니 무수리의 요구로 어쩔 수 없이 따라 나와 노동 강도만 더 늘었다고 생각하는 궁녀도 있었겠지만, 대부분 이곳에 나오는 것을 소풍 삼아 나왔을 것이라고 생각한다. 그런 탓인지 힘차게 흐르는 물소리는 깔깔거리는 소리로 들린다. 분명한 것은 이곳에 오면 햇빛도 부드러워 새들의 노래가 장조로 들린다. 우울할 땐 역시 장조가 제격이다. 산에서 불어오는 바람에 잠시 몸을 맡긴다.

빨래골

흰 구름이 느릿느릿 다니는 숲속
쉼 없이 흐르는 물속으로
빨래 짐을 이고 온 궁녀들이 보인다

저 멀리 화계사의 종소리가
장조의 새 울음을 섞으면
속곳 두드리는 방망이질이 들린다

가던 길을 잠시 멈춘 바람 한 줌이
바위 사이 개울로
곱게 물든 잎 하나를 내려놓는다

또 하나의 인생이 스름스름 지나간다

막힘의 고통(상)

힘든 고비를 넘겼다고 하지만, 지금도 고통 속에서 시간을 보내고 있다. 원인은 전립선 비대로 인한 것이었지만, 약에 대한 무지와 대처를 잘못한 탓으로 지금도 심한 고통의 시간을 보내고 있다. 솔직히 많이 힘들다.

시작은 지난 10월의 마지막 날이었다. 골프 약속에 따라 새벽에 차를 몰았다. 시간이 어느 정도 지남에 따라 오줌이 마렵기 시작하여 동반자들에게 양해를 구하고 휴게소 화장실로 갔다. 안에 있는 오줌 양은 많은데, 시원하게 나오지 않는다. 예전에도 이런 경험이 있었기에 차츰 좋아질 것으로 생각했다. 많이 나오지 않은 탓인지 얼마 지나지 않아 또 오줌이 마렵기 시작한다. 그냥 골프장까지 달렸다. 도착하자마자 화장실로 갔지만, 졸졸 나오는 정도이다. 그래도 시간이 지나면 괜찮아질 것이라고 여겼다. 좀 힘들긴 해도 그냥 전반을 마칠 수 있었다. 본격적인 고통은 후반 9홀을 시작하면서 매홀 이어졌다. 무엇보다 오줌은 엄청 마려운데, 오줌 나오는 양이 너무 적다. 그러다가 갈수록 아예 나오지 않는다.

오줌만 마려울 뿐, 오줌은 나오지 않는다. 아랫배가 묵직하다. 어쩌다 있는 간이 화장실로 들어가 한참을 누려고 시도해도 나오지 않는다. 하도 힘을 주었더니 결국 탈항이 되었다. 시간이 가면서 매우 심해지게 되었다. 얼마나 힘을 썼던지 치핵 나온 것을 아무리 넣으려 해도 들어가지 않는다. 샤워하면서도 앞과 뒤의 고통은 더 심해졌다. 동반자들과 밥을 먹으러 가서는 식당 화장실에서 살았다. 밥은 한 숟가락만 뜨는 둥 마는 둥 하고 나왔다. 서울로 오는 차량들은 왜 이리 많은지 도로가 꽉 막혔다. 오면서 휴게소나 졸음 쉼터에 들러서도 오줌 누는 것을 시도하였지만 소용없었다. 변기에 앉아 뒤로라도 빼려고 용을 써도 안된다. 오히려 탈항만 더 심해졌다. 앞과 뒤의 고통으로 정신까지 혼미해지려고 한다.

도저히 참을 수가 없었다. 운전을 하고 있는 집사람에게 이곳에서 제일 가까운 종합병원 응급실로 가 줄 것을 요구하지 않을 수 없었다. 집사람은 '원자력병원'으로 차를 몰았다. 응급실로 부리나케 들어갔다. 하지만 그곳은 암 전문병원이라고 하면서 나의 상황에 맞는 응급조치에 난색을 표한다. 한마디로 단시간 내로 응급조치는 불가하다는 것이다. 가까운 '을지병원'을 이용할 것을 권한다. 시간만 허비하였다고 생각하니 배가 더 아파 온다.

곧 오줌보가 터질 지경이다. 지하에 주차하였던 차를 집사람이 꺼내 오는 시간도 매우 더디게 느껴진다. '을지병원 응급실'로 향했다. 어느 정도 시간이 흘러 응급조치를 받을 수 있었다. 처음 겪어 보는 일이기에 약간의 쓰라린 고통은 있었지만, 일단 오줌을 빼고 나니 시원함을 느낄 수 있었다. 의사 선생은 혹시 감기약을 복용하였는지 묻는다. 나중에 알고 보니 전립선 비대 환자에게 감기약은 매우 조심스럽게 복용해야 할 약이었다.

무지는 간혹 사람을 죽게도 한다. 전날 저녁에 감기 기운이 있는 듯하다고 집사람이 종합감기약을 권하여 먹었던 것이다. 전립선 환자에게 감기약은 그냥 일반 감기약이 아닌, 의사의 처방을 받은 감기약만 먹어야 한다는 사실을 알지 못했다. 내가 먹은 감기약은 종합감기약이었다. 감기약 기운이 뻗치면서 결국 좁은 오줌 길을 완전히 틀어막아 배설하지 못하는 고통을 갖게 된 것이다.

그나저나 하루만 지나면 감기약 기운도 빠질 것이기 때문에 정상으로 회복될 줄 알았다. 그런데 그게 아니었다. 오줌이 마렵지 않게 된 몇 시간만 편했다. 그날 밤부터 다시 오줌은 마려운데 오줌이 나오지 않는다. 밤새도록 잠도 자지 못하고 화장실에서 서 있거나 앉아 있기만 했다. 탈항의 고통도 더 심해졌다. 이러다가 아무래도 쓰러질 것 같다. 너무 괴로워하는 나를 본 집사람은 다음 날(11. 1.) 새벽 5시에 '한일병원 응급실'로 차를 몰았다. 접수하고 대기하는 시간도 일각이 여삼추다. 그래도 응급조치를 받고 보니 또 괜찮아졌다. 영업시간이 되면 비뇨기과에 접수하여 진료받으라는 말을 건성으로 듣고 나왔다.

곧 정상으로 돌아올 것이라고 생각했다. 그래도 아침을 먹고 병원으로 달려갔다. 오전에 병원에 접수하려고 하니 담당 의사가 오후 2시 이후에나 진료를 본다고 한다. 무엇보다 기존 환자가 아니기 때문에 몇 시간을 또 기다릴지 모른다는 것이다. 그냥 포기하고 동네 비뇨기과로 향했다. 약을 처방해 준다. 무엇보다 이제는 감기약 기운도 빠졌을 테니 예전처럼 오줌이 나올 줄 알았다. 그런데 그게 아니었다. 처방해 준 약도 아무 소용이 없었다. 엎친 데 덮친 격으로 항문의 고통은 더 심해졌다. 항문 전문 병원에 가니 그곳에서도 수술의 필요성과 함께 약만 처방해 준다. 항문보다도 더 급한 것은 오줌이다. 발길을 돌려 집에 오니 또다시 오줌을 누지 못하는 고통이 밀려온다. 동네 비뇨기과로 가서 강제로 오줌을 뺐다. 일단은 시원하여 부족한 잠을 채우려 초저녁부터 잠자리로 들어갔다.

배설하지 못하는 고통이 이렇게 큰 줄 몰랐다. 예전부터 듣던 말로 "잘 먹고, 잘 싸고, 잘 자고" 하면 건강하다는 말에서 "잘 싸고"라는 말이 깊게 다가온다. 기적이란 다른 게 기적이 아니고 "잘 싸는 것"이 기적이라는 생각이 머리를 맴돈다. 배설하지 못하면 죽는 것이다. 숨도 마찬가지다. 들이마시지 못해서 죽는 것이 아니고, 내뱉지 못하면 죽는 것이다. 그러기에 사람은 죽을 때 크게 들이마시고는 죽는다. "呼吸(호흡)"이라는 말도 吸(흡)보다 呼(호)가 앞서는 이유이다.

그나저나 내일은 또 얼마나 고통스러울까를 염려하며 일찍 잠을 잔 탓인지, 자정 무렵에 일어나게 되었다. 약 4년 전에 작성하였던 유서를 꺼내서 다듬었다.

막힘의 고통(하)

발병 3일째 날(11. 2.)이다. 종합병원이 아니면 불신하는 마누라 말에 따라 아침부터 서둘렀다. 이렇게 챙겨주는 배우자가 있다는 것은 정말 다행이다. 만약 혼자였다면 다시 동네 병원에나 갔을 것이다. 그러면서 또 드는 생각은 누가 옆에 있다는 것이 꼭 得(득)만 되는 것은 아니라는 것이다. 이날도 결과적으론 돈과 시간만 허비하였다.

업무 시간보다 일찍 서둘러 하계동에 있는 '을지병원'에 가서 접수하고 시간이 급하다는 말을 담당자에게 전했다. 다행히 오래 기다리지 않고 진료를 볼 수 있었다. 의사 선생이 말하길 당분간 오줌줄을 달고 지내야 한다는 것이다.

"지금 당장 너무 힘드니 급하게 수술해 줄 수 없겠습니까?"
"수술 일정이 꽉 차서 아무리 빨리 잡아도 약 1개월 후에나 가능합니다."
"먼저 오늘은 검사를 진행하고 3~4일이라도 오줌통을 지녀야 될 것 같습니다."

오줌통을 매달고 살려니 앞이 깜깜하다. 그냥 나왔다. 집사람은 그럼 집과 가까운 종합병원인 '한일병원'으로 가 보자고 한다. 아무래도 그곳은 이곳보다 한가할지 모른다는 것이다. '한일병원'에 도착하여 접수하고 기다렸다. 얼마 지나지 않아 나를 부른다. 을지병원에서 들은 이야기와 비슷하다. 오히려 한술 더 뜬다. 오줌줄을 매달고 지내는 것은 같고, 검사 일자도 일정 참조하여 잡아야 한다는 것이다. 예상대로 허탕 친 기분으로 그냥 나왔다.

가까운 곳의 비뇨기과를 인터넷으로 검색해 보니 노원역 근처의 비뇨기과가 괜찮은 듯하여 그쪽으로 차를 몰았다. 집사람보고는 그냥 집으로 가라고 해도 걱정이 되는지 계속 운전을 해 준다. 그곳에서 약간의 따끔거림을 또 맛보면서 소변을 강제로 뺐다. 소정 검사를 진행한 후 의사 선생이 말한다.

"전립선이 정상인의 경우 호두알만 한 20g인데, 환자분은 75g으로 약 3.5배 이상 큽니다."
"약 5년 전 검사받을 때는 60g이라고 들었는데~"
"전립선 크기가 너무 커서 저희 병원에서는 수술을 진행하기 어렵습니다. 그래서 소견서를 써 줄 테니 신사동에 있는 병원으로 가서 수술받으시기 바랍니다."

"왜 이곳에서는 안 되나요? 하루 종일 여기저기 왔다 갔다 하다가 여기에 오게 됐는데, 다시 강남까지 가려니 지치는군요."

"여기에서는 그 큰 것을 처리할 기계가 없습니다. 소개해 주는 그곳이 아주 수술 잘하는 곳이니 지금 가서서 진료받으시기 바랍니다."

처방해 준 약을 사고 신사동의 병원으로 향했다. 신사동의 비뇨기과 선생님은 매우 친절하였다. 자세하게 설명을 해 줌은 물론이고, 당장 수술을 진행시켰다. 하반신 마취라고 했는데, 전신마취를 한 것 같다. 약 1시간 수술이 진행되었고, 몇 시간 후 잠에서 깼다. 집사람이 오랜 시간 지켜보고 있었다. 그렇게 입원하여 그날 밤을 보냈다. 집사람에게는 그냥 집에 들어가서 쉬라고 해도 내 옆에서 간호를 한다. 왠지 고맙고 미안하다.

다음 날(11. 3.) 아침 일찍 퇴원을 한 후 집에 왔는데, 역시 수술 부위가 좋지 않다. 역시 오줌은 마려운데 잘 나오지 않는다. 배운 대로 스스로 오줌줄을 끼웠다. 병원에서 연습할 때는 잘 되던 것인데, 무엇이 잘못되었는지 아프기만 하다. 그러다가 오줌이 적게라도 나오기 시작한다. 오줌이 나온다는 것만으로도 감사하다는 말이 저절로 나온다. 문제는 자주 화장실에 가야 한다는 것이다.

그렇게 또 하루가 지난 다음, 오줌에서 피가 나온다. 인터넷을 검색해 보니 약 1개월 정도 피가 나오는 경우도 있다고 하여 심적으론 약간 안정이 되었지만, 갈수록 피의 양이 늘어난다. 혹시 실밥이 터지거나 지혈이 되지 않아 잘못된 것은 아닌지 걱정이 되지 않을 수 없었다. 월요일(11. 6.) 아침 일찍 의사 선생에게 이런 사실을 말하니 사진을 찍어 보내란다.

"사진 보았는데, 그 정도 갖고는 괜찮은 것입니다. 안에 고여 있던 피가 나오는 것입니다."

"솔직히 불안해서요. 이틀은 적게 나와서 그러려니 했는데, 어제 새벽부터 너무 많은 양의 피가 나와서요."

"차츰 괜찮아질 테니 너무 걱정하지 마세요."

그래도 불안하게 계속 피가 나오더니 수술 6일째(11. 7.)부터는 거의 나오지 않는 것이었다. 다만 자주 마렵고, 오줌 배설 시 따끔거림은 여전하다. 아직 힘들지만, 차츰 나아지리라고 본다. 언제 그랬냐는 식으로 인생의 한 페이지를 장식하게 되리라고 본다.

막힘없는 세상이 얼마나 소중한 세상인지 새삼 깨닫는다. 내 몸부터 막힘없는 세상이 되어야 한다. 어느 시인의 시에서 "방귀는 내 몸 안의 하늘과 땅이 통하는 소리"라는 글이 생각나서 시원하게 방귀 한번 뀌어 본다.

오래전에 작성하였던 유서는 큰 수정 없이 일자 등만 고쳤다. 솔직히 지난 인생을 돌아볼 때 많은 흠결이 있었다. 지우고 싶은 흠결도 많지만, 모두가 나의 페이지이다. 가족이나 가까운 이들에게 잘못했던 부분들도 떠오른다. 배우자와 자식을 비롯하여 나와 가까운 사람들의 용서를 바란다. 주기도문에 나오는 말처럼 "저희에게 잘못한 이를 저희가 용서하듯이 저희 죄를 용서하시고"처럼 서로의 용서를 바란다.

가을도 머지 않았다. 떠나기 싫어하는 가을 햇살이 길게 누워있다. 나무들이 아직 매달린 잎으로 해 넘어가는 것을 막아보지만, 큰 흐름을 거역할 수는 없다. 떨어지는 나뭇잎들은 이별을 아쉬워하며 흐느낀다. 남아 있는 자나 가는 자 모두 자신의 운명이다. 오늘도 다시 어둠이 깔리고 있다. 어둠은 그리움을 깊게 만든다.

능력의 차이와 운명

한때는 이해를 하지 못했다.

띄어쓰기는 물론이고 맞춤법에 맞지 않는 글자를 보면, 그렇게 글씨를 쓴 사람이 우습게 보였다. 하루에도 수십 통씩 오는 카톡이나 문자메시지를 보고 있노라면 맞춤법을 엉망으로 쓴 경우를 자주 본다. 그런 글들은 지금도 나의 신경을 거슬리게 한다.

물론 남의 글을 퍼 나른 글보다는 관심을 갖고 읽게 되지만, 그 사람이 쓴 내용에 앞서 그의 수준을 낮게 평가하였다. 당연히 신세대의 줄임말이나 재미로 개조하여 사용하고 있는 말을 말하는 것이 아니다. 즉, 어떤 단어를 선택하여 무슨 내용의 글을 어떻게 잘 썼느냐를 판단하기에 앞서 맞춤법에 맞지 않는 글을 읽노라면 피자를 김칫국물에 찍어 먹는 기분이었다. 맞춤법뿐만 아니라 오자나 탈자를 보내는 사람에 대하여도 수준 이하라는 생각을 가지고 있었다. 그 사람이 아무리 많이 배워 박사학위를 여러 개 가지고 있고, 일류 학교 출신이라고 해도 우습게 보였다. 직업이 사회적으로 인정받는 교수나 의사, 판사 혹은 고위직 공무원 출신이라고 할지라도 수준 미달이라는 생각이 들었다. 정말 이해하기 힘들었다.

그런데 조용히 생각해 보니 그게 아니었다.

글을 쓰면서 수시로 오자나 탈자는 물론이고, 맞춤법이 뭔지도 모르는 사람이라고 다른 것도 엉망이라고 생각하면 안 된다. 사람 자체를 그 한 가지로 재단할 수 없기 때문이다. 자기 글 없이 남의 글이나 퍼 나르는 사람도 우습게 보지 말고 그냥 그대로 인정해 주어야 한다. 오늘도 수없이 카톡에 문자가 들어온다. 여러 단톡방에서 들어오는 글들이다. 그중에는 유익한 글들도 상당수 있지만, 그렇지 못한 것도 많다. 특히 이미 다른 이가 보낸 글을 이중삼중으로 받아 보는 경우도 많다. 즉, 남의 글을 그대로 퍼 나르는 것들로 일종의 공해이다. 되도록이면 자신이 쓴 글을 보내 주었으면 하는 아쉬움을 갖고 있지만, 각도를 달리하여 생각해 보면 그런 글들도 고맙다는 생각이 든다.

사람은 어느 누구도 함부로 우습게 보아서는 안 된다. 어느 사람이 띄어쓰기나 맞춤법에 약하다면 그가 단지 그 방면으로만 약할 뿐, 다른 것도 약하지는 않다는 것이다. 즉, 맞춤법에 맞지 않는 글자를 쓰는 사람이라도 단지 그 방면으로만 부족할 뿐, 다른 방면에서는 뛰어난 재주를 가지고 있을 수도 있기 때문이다. 사람은 각자 다른 재능을 보유하고 있다.

제목도 모르고 작자도 생각나지 않지만, 스무 살 시절 읽었던 글로 어렴풋이 기억나는 내용 하나를 써 본다.

모두가 다 아는 것처럼 토끼는 달리기를 잘하고, 새는 날기를 잘하며, 두더지는 땅파기를 잘한다. 따라서 이 셋 중에 달리기 시합을 하면 당연히 토끼가 제일 잘할 것이다. 땅파기 시합을 하면 두더지가 제일 잘할 것이고, 날기 시합을 하면 토끼나 두더지는 1m도 날지 못할 것이다. 그런데 간혹 보면 사회는 달리기만을 강요하며 토끼 같은 사람만 높게 평가하는 경우도 있고, 날기만을 강요하여 토끼나 두더지 같은 사람은 아예 저평가하는 경우도 있다. 사람마다 다 개성이 있고, 나름대로의 능력이 있다. 직장에서도 마찬가지다. 두더지 같은 사람에게는 땅 파기를 시켜야지 날기나 달리기를 시키면 안 된다. 토끼 같은 사람에게 달리기를 시키면 잘할텐데, 날기를 시켜 놓고는 못한다고 구박하고, 왕따를 시키는 것은 적재적소에 인재를 배치하지 못한 자의 잘못이라고 본다.

나의 은행원 생활은 행원 4.5년, 대리 8년, 차장 7.5년, 지점장 9년인데 그중 지점장 시절이 생각난다. 나 같은 경우 예를 들어 오케스트라에 비유하면 현악기를 다루는데, 출중한 능력을 가졌고, 그 외 타악기나 피아노 등도 잘 다루었지만, 금관악기엔 소질이 없었다. 특히 금관악기 중 트럼펫을 부는 것은 힘들었다. 그런데 나로 하여금 트럼펫만 계속 불게 하고는 실적이 미미하다고 고과를 밟는 바람에 지점장에서 더 나아가지 못했다. 당시 은행 지점장의 역할은 영업이 거의 70% 이상을 차지한다고 볼 수 있다. 솔직히 난 내가 생각해도 영업 능력을 갖고 있지 못했다. 만약 기획력이나 조정 및 통합력 등이 절대적인 본부 부서장 혹은 그 위의 다른 역할, 지휘자 역할을 맡겼다면 조직이나 사회에 상당한 기여를 했을 것이다. 물론 나의 일방적인 생각일 수 있겠지만, 개인적으로 큰 아쉬움으로 남는다.

한편 생각하면 난 그래도 나은 편이다. 솔직히 이 사회에서 제대로 능력을 발휘하지 못하고 사라진 이들이 얼마나 많을까? 시골에서 살던 어린 시절로 돌아가 보면 당시 머리 좋고, 공부 잘하던 동네 형이 있었는데, 집안 형편 등으로 중학교에도 진학하지 못하고, 농사일만 하다가 결국 존재 가치를 잃어버렸다. 그가 지금은 어떻게 되었는지 모른다. 그가 만약 뒷받침만 제대로 받았다면 대학교도 다니고, 고시에도 합격하고, 나라의 큰 기둥이 되었을지도 모른다. 그는 아버지의 강요로 적성에도 맞지 않고 소질도 없는 농사만 지으며 전전긍긍하다가 사라졌다. 어찌 보면 흙수저로 태어난 그의 운명이다.

우리 집과 가까운 곳에 살던 K 누나도 참 아까운 사람이다. 나보다 4살 더 먹은 그녀는 동네에서 총명하기로 소문이 났었고, 공부도 매우 잘하였다. 그래도 그 집은 웬만큼 살았는데, 여자를 공부시켜 봐야 소용없다고 그녀의 아버지가 진학을 반대하였다. 그래도 울고불고 난리를 피워서 읍내에 있는 중학교엔 갈 수 있었다. 하지만 고등학교 진학은 하지 못했다. 중학교에서도 성적은 탁월하였지만, 집안 반대로 결국 포기할 수밖에 없었다. 성적이 그렇게 우수함에도 진학하지 못하게 막았던 부모가 얼마나 원망스러웠을까? 진학하지 못하고 우울하게 지내던 그 누나에게 어느 날 내가 위로한답시고 몇 마디 건넸더니 다음 해엔 어떻게 해서라도 꼭 고등학교에 가겠다는 말을 하였다. 하지만 결국 그 누나는 가지 못했다. 그리고 수년이 흐른 후 그녀는 동네의 누구와 결혼을 하였다는 소식을 들었고, 또 수년이 흐른 후 그녀의 남편이 그녀의 지병 관리를 방해함으로써 그녀가 죽었다는 소식을 들었다. 그것이 정녕 그녀의 운명이었을까?

사람마다 각각 다른 능력을 가지고 있다. 문제는 자신이 가지고 있는 탁월한 능력이 무엇인지 모르며 사는 이들이 부지기수일 것이다. 또 가지고 있는 능력을 알면서도 여건이나 환경이 되지 않아 발휘하지 못하는 경우도 허다할 것이다. 어쩌면 그것이 그 사람의 운명일지 모른다. 저마다 가지고 있는 능력을 잘 살리면서 살 수 있다면 얼마나 좋을까? 자기가 가지고 있는 능력을 조금이라도 발휘하며 사는 것은 큰 행복이다.

겨울 단상

　겨울은 춥다. 춥기 때문에 겨울이다. 낮엔 기온이 올라간다고 해도 아침 기온이 영하가 아니라면 겨울 맛이 나지 않을 것이다. 올 겨울은 눈도 제법 내렸다. 겨울 하면 우선 눈부터 생각나는 것은 다른 계절에서는 볼 수 없는 것이기 때문일 것이다. 눈으로 인해 고생하는 사람도 많지만, 눈꽃의 풍경을 아름답다고 하지 않는 이는 없다. 온 세상을 하얗게 덮은 겨울은 확실히 아름다운 계절이다.

　하지만, 없는 자에겐 매우 힘든 계절이다. 춥고 배고프던 어린 시절, 동네 어른한테 들은 얘기 중 하나는 "여름에 더워서 죽는 사람은 없어도 겨울에 얼어 죽는 사람은 많다."는 것이다. 물론 이젠 여름에 전력 소모량이 더 많은 세상이 되었지만, 대개 시골에서 더우면 그늘에서 쉰다거나 다리 밑의 바람 부는 곳으로 가서 더위를 피하면 되었다. 하지만 추위를 막기 위해서는 무엇보다 어떤 육체적 노동이나 돈이 들어갔다. 아궁이에 불이라도 지피려면 땔감이 있어야 한다. 어린 시절 시골에서 부잣집들은 장작더미를 산처럼 쌓아 놓고 겨울을 대비했던 모습이 떠오른다. 사람이 생활하는데, 기본이 되는 의, 식, 주를 미리 준비하지 않으면 힘들게 겨울을 보낼 수밖에 없다. 그런 탓인지 월동준비라는 말은 있어도 월하준비라는 말은 없었다. 여하튼 겨울은 가난한 이들에겐 매우 힘든 계절이다.

겨울을 무사히 나기 위한 어른들의 걱정과 달리 어린이들은 겨울을 즐겼다. 지금 생각하니 그땐 몸에 열도 많은 탓이었는지 아무리 영하의 날씨라도 추운 줄도 모르고 밖으로 뛰어다녔다. 무엇보다 개울이나 연못 혹은 논 바닥에 얼음이 얼면 썰매를 타곤 했다. 그때는 왜 그렇게 그것이 재미있었는지 모른다. 썰매를 타고 놀다 보면 시간 가는 줄 몰랐다. 나는 할아버지가 만들어 주신 썰매를 타고 놀았다. 매우 튼튼하게 잘 만들어서 어느 한 해를 잘 갖고 놀았던 기억이 난다. 연 날리기도 재미있었다. 솔직히 나는 재주가 없는 탓으로 내 연은 그리 잘 날지 못했다. 그냥 실에 매달아서 갖고 뛰어다니기 바빴다. 바람을 이용하여 높이 날리는 동네의 형이나 누나들이 부러웠다.

겨울 놀이로 생각나는 것 중의 하나는 '제기차기'이다. 나는 운동을 잘하는 편은 아니었지만, 제기차기만큼은 소질이 있었다. 물론 어느 정도는 노력의 결과이기도 하지만, 대개 5개를 넘기지 못하는 애들에 비해 나는 100개를 넘게도 찼다. 나중엔 다리에 힘이 풀려 더 이상 발이 올라가지 않을 때까지 찼는데, 당시 최고 기록은 140개를 넘게 찼다. 내가 제기를 찰 때는 여러 사람들이 구경을 하곤 했다. 동네 형들과 시합을 해서도 나는 언제나 승자였다. 당시 '제기차기'라는 것이 있어서 겨울이 행복하였다.

밥상엔 거의 매일 시래깃국이 올라왔다. 어머니는 집 뒤쪽 담에 걸어 놓은 시래기를 빼서 국을 끓이곤 했다. 당시는 그게 그렇게 몸에 좋은 것인지 몰랐다. 겨우내 거의 매일 먹다 보니 그저 그랬다. 나는 언제나 할아버지와 겸상을 하였다. 식구는 많은데, 모든 사람의 밥과 국그릇을 놓을 만한 상이 없기도 하였지만, 제일 큰 어른인 할아버지와 한 밥상을 마주하는 것이 껄끄러울 수도 있기 때문이었을 것이다. 할아버지는 예순일곱의 나이로 돌아가셨으니 지금의 내 나이도 되지 않는다. 할머니가 고생을 많이 하셨다. 조부모님에 대한 생각이 왜 이 겨울에 떠오르는지 모르겠다. 할아버지가 자주 가시던 양조장도 생각난다. 할아버지는 근처에서 놀고 있는 나를 불러 고두밥을 뭉쳐서 주곤 했다.

여름엔 물놀이 사고가 많았지만, 겨울엔 불과 관련된 사고가 많았다. 산불도 심심찮게 일어났고, 동네의 어느 집이 타는 경우도 종종 있었다. 그런 시기를 거쳐서 중, 고교 시절엔 연탄가스 사고도 많았다. 연탄가스 중독으로 일가족이 사망했다는 기사도 종종 있었다. 누나와 동생, 그리고 나도 연탄가스 경험을 하였는데, 지금은 그 집이 어디쯤인지 기억에 없다. 여하튼 겨울은 다른 계절에 비해 지내기가 녹록하지 않았다.

대개 삶이 힘든 상황을 말할 때 "춥고 배고프다"는 말을 하곤 한다. 덥다는 말이 힘든 상황을 대변하지는 않는다. 그런 탓인지 구세군 자선냄비도 겨울에만 볼 수 있고, 아파트의 통장이나 반장이 불우이웃 돕기 성금을 걷는 것도 겨울에만 있다. 겨울이 아름답게 느껴지는 가장 큰 이유는 나눔의 계절이기 때문일 것이다. 몸은 차갑지만, 마음만큼은 따뜻하게 할 수밖에 없는 계절이다.

리더라는 마음으로

　내가 사는 아파트에 상가가 있는데, 그 상가는 4층으로 이루어져 있다. 나는 그 상가를 자주 이용하는 것은 아니지만, 그 상가의 엘리베이터는 자주 이용한다. 아파트 자체의 지대가 높은 곳에 지어진 탓으로 아파트 각 동의 1층이 대개 상가의 꼭대기 층에 해당하고, 엘리베이터는 지하 1층에서 지상 4층까지 운행한다. 따라서 대중교통 이용 시 그 엘리베이터를 이용하면 좀 더 편리하게 전철역으로 갈 수 있기 때문에 자주 이용하게 된다. 많은 아파트 주민들이 나와 비슷하다. 따라서 출근 시에는 그 엘리베이터의 4층에서 타고 1층에서 내려 지하철로 가고, 퇴근 시는 반대로 1층에서 타고 4층에서 내려 집으로 향한다.

　이 경우 그 엘리베이터에서 자주 목격하는 것이지만, 먼저 타고서도 버튼을 누르지 않는 이들을 본다. 4층에서 탈 때는 당연히 거의 전부 1층으로 가는 자들이고, 1층에서 탈 때는 대부분 4층으로 가는 자들이기 때문에 '내가 안 눌러도 누군가 누르겠지' 하면서 자신의 손가락 움직이는 것을 아끼는 이들이다. 참으로 상대에 대한 배려 없이 자신의 편함을 선택하려는 인간들이 많다는 것을 새삼 느낀다. 특히 젊을수록 더 그런 경우를 본다. 어린이들은 또 다르다. 그들은 서로 누르려고 하지만, 중, 고교 학생부터 달라지는 듯하다. 정확하게 통계를 내 본 것은 아니지만, 약 3

년 동안 관찰한 결과이다. 공동을 위한 것에 이렇게 인색한 이들이 많다는 것에 비애감이 들곤 한다. 내가 안 해도 당연히 남이 해 주겠지 하는 생각으로 못난 행동을 보이는 사람들이 의외로 많다는 것에 슬프지 않을 수 없다.

경전철 이용 후 성신여대 역에서 4호선으로 갈아탈 때의 엘리베이터도 마찬가지다. 대개 먼저 타는 사람이 버튼을 누르는 것이 일반적인데, 먼저 타면서도 층의 버튼을 누르는 것엔 아예 관심도 안 두는 사람들이 왜 이렇게 많은지 모르겠다. "내가 안 해도 누가 당연히 하겠지"라는 생각을 가진 이들로 프리라이더가 습관화된 사람들이다.

솔직히 이런 경우를 보면 기분 나쁘지 않을 수 없다. 그러나 이런 것으로 상처받으면 결국 상처받는 사람만 손해를 본다. 그리고 나도 그들과 똑같은 행동을 하면 기분 나쁘게 한 그들과 다를 것이 없지 않겠는가. 그래서 나는 '나와 같은 엘리베이터를 타는 이들은 걱정 마라'는 식으로 언제나 솔선수범한다. 사회적 리더는 이런 것부터 달라야 된다고 본다. 나는 언제, 어느 곳에 있던지 지도자(指導者)이고, 리더(leader)라고 여기면 한결 편해진다.

이런 사소한 것부터 시작하여 일상생활에서 리더라고 마음을 먹으면 몸가짐부터 달라진다. 물론 나는 학교 동창의 누구누구처럼 장, 차관 등의 고위직에 있지도 않았고, 사회 지도층에 있지도 않았다. 나는 부자도 아니었고, 지금도 아니며, 앞으로도 아닐 것이다. 하지만 언제나 나 스스로

리더라고 생각하며 행동하자고 다짐한다. 나와 같은 시대를 사는 사람들을 사랑하며, 그들로 인해 손해를 볼 수도 있는 삶이 나의 삶이고, 국가와 국민을 위한 삶이 나의 삶이라고 여기면서 말하고 행동하는 것이다.

어제는 삼양역에서 경전철을 타기 위해 엘리베이터를 이용하는데, 먼저 탄 아주머니 두 분이 말을 나눈다.
"이곳에서 타면 북한산보국문 갑니까?"
"보국문요? 잘못 타신 것 같습니다. 그곳으로 가려면 반대편에서 타야 하는데~"

옆에서 그 말을 들은 나로서는 대답을 해 준 아주머니가 틀리게 말했다는 것을 알기에 정정을 해 주지 않을 수 없었다.

"아니요. 맞습니다. 이곳에서 타시면 됩니다."

그랬더니 대답을 했던 아주머니가 고개를 갸우뚱거린다. 전철 안에 들어오고 나서야 자신이 잘못 말했음을 시인하였고, 나는 그럴 수 있다는 말과 함께 질문을 한 아주머니에게 약간의 친절을 섞었다.

"내가 솔샘역에서 내리니, 그다음 역에서 내리시면 되겠습니다."
그랬더니 대답을 들은 아주머니는 당황스럽게 자신도 솔샘역에서 내리겠다고 한다. 그곳에서 버스를 타면 자기가 가고자 하는 곳을 더 쉽게 갈 수 있다는 것이다. 그래서 나는 평소 같으면 1번 출구를 이용하는데, 그 아주머니에게 버스 정류장을 알려 주려고 2번 출구로 나와서 약 70m 위에 있는 정류장까지 안내해 주었다. 그리고 전광판의 안내문을 보며 아주머니가 기다리는 버스는 약 2분 있으면 도착하니 잘 타고 가시라고 하였다.

"이렇게 친절을 베풀어 주서서 고맙습니다. 무엇으로 보답을 해야 할지~"
"별말씀을요. 저야 어차피 제 집으로 가는 길인 걸요."
나는 연신 고맙다는 말을 들으며 기분 좋게 발걸음을 옮겼다.

"구일신 일일신 우일신(苟日新 日日新 又日新)"이라는 말이 있다. 진실로 하루가 새로워지려면 날로 새롭게 하고, 또 날로 새롭게 하라는 뜻이다. 중국 은나라 탕임금이 목욕탕 그릇에 새겨 놓았던 글이라고 하는데, 탕임금은 목욕을 할 때마다 "苟日新 日日新 又日新"을 음미하였다고 한다.

자신을 새롭게 하여 지난 시절보다 더 품위를 높이고, 이 사회 구성원들의 모범이 되리라고 다짐해 본다. 무엇보다 약간의 수고로 좋은 일을 할 수 있다는 것은 큰 즐거움이다. 어찌 보면 솔선수범이나 베풂은 즐거움이고 행복이다.

나와 같이 엘리베이터를 타는 사람들은 층수를 누르려고 손가락을 움직이지 않아도 괜찮다. 신경 쓰지 마라. 내가 누르겠다. 갈 길을 모르는 자들은 나에게 물어보라. 인터넷을 조회해서라도 친절 한 숟가락을 얹어 길을 가르쳐 주겠노라.

오늘도 늙는다

1년 중 맑은 날은 얼마나 될까?

아침에 떠오르는 해의 모습을 볼 수 있는 날은 얼마나 될까?
정확하게 헤아려 보지 않아서 확실하게 말할 수는 없지만, 일반적으로 생각하는 것보다 많지는 않다.

지금 내가 살고 있는 아파트의 동, 호수는 북한산 중턱 높이에 남동향으로 자리를 잡고 있기 때문에 날씨만 맑다면 집에서 매일 해 뜨는 것을 볼 수 있다. 그런데 실제로 해 뜨는 광경을 보는 날이 많지는 않다. 우선 비가 오거나 눈이 오는 날은 물론이고, 날씨가 흐리거나 안개가 낀 날엔 볼 수 없다. 무엇보다 날씨와 관계없이 기상 시간이 일출 시간보다 늦는 날들이 많기 때문에 年中(연중) 해 뜨는 광경을 실제로 보는 날은 30%에도 미치지 못한다.

연중 해 뜨는 광경을 보는 날이 1/3 이하라는 것은 어쩜 평범한 날이 그렇다는 것인지도 모르겠다. 한편 생각해 보면 그저 아무 일 없이 평범하게 보내는 날이 그리 많지 않다는 것이다. 즉, 가정에서나 직장에서 닥치는 일 등으로 고민과 근심 속에서 시간을 보내거나, 기타 사유 등으로 평범을 벗어나서 시간을 보내는 일이 발생하곤 한다. 그래서 많은 이들이 오늘 하루를 무사하게 보낼 수 있게 해 달라고 기도를 올리는 것인지도 모르겠다.

인생에서 고민이 하나도 없는 사람은 아마 없을 것이다. 다만 그 고민이 감당할 수 있는 것인지, 그렇지 못한 것인지 등, 강약의 차이일 뿐이지, 누구나 몇 개의 고민은 안고 산다. 그런 탓으로 나와 가족 중 누가 크게 아프지 않고 그저 평범하게만 살아도 큰 복이라고 여겨진다. 정신 건강이 중요하지만, 그에 앞서 육체적인 건강만 잘 지키며 산다는 것도 대단한 일이라는 것을 새삼 느낀다. 정말 매일 밥 잘 먹고, 잘 싸고, 잘 자기만 해도 기적이다. 다른 것이 기적이 아니고 이 세 가지가 가장 큰 기적이다. 특히 자신보다도 사랑하는 배우자나 자식이 아프지 않고 살아간다면 그보다 더 큰 즐거움은 없으리라.

그런데 세상 모든 일이 그렇듯이 뜻대로 되지 않는다. 나도 그렇지만, 최근 마누라가 병원 다니는 일이 자꾸만 잦아지고 있다. 오래전부터 앓고 있는 당뇨와 관련하여 다니는 것 말고도 어깨나 허리, 그 외 다른 병들이 수시로 들락거린다. 작년 여름에 있었던 일은 지금도 아찔하다. 당시 복부 통증으로 1주일 이상 괴로워하던 마누라를 보고 있는 나는 무척 괴로웠다. 그때 처음부터 종합병원으로 갔으면 덜 고생했을 텐데, 동네 병원에만 다녔던 것도 잘못이라면 잘못이다.

당시 마누라는 아예 밥을 먹지 못했다. 무엇이 원인인지 확실히는 모르지만, 밖에서 맥주와 함께 닭 강정을 먹은 이후 시작된 듯하다. 대부분의 사람들이 그렇듯이 처음엔 간단하게 생각하고 가까운 동네 병원으로 갔다. 그런데 주사를 맞고 처방해 준 약을 먹어도 아무 소용이 없었다. 무엇보다 복부 CT 촬영 등을 했는데도, 정확한 원인을 알 수가 없었다. 통증은 더 심해지기만 하였다. 그렇게 일주일이 흐르니 다니던 동네 병원에서는 큰 병원으로 가볼 것을 권유하는 것이었다. 집에서 제일 가까운 H 종합병원 응급실로 가게 되었다.

MRI 촬영 등으로 검사 결과 최종 판단은 대장염으로 나왔고, 종합병원에서 주사를 맞으며 다행스럽게 차츰 회복을 할 수 있었지만, 일주일 이상을 고통 속에서 보낸 마누라를 보고 있던 나의 속은 까맣게 타들어 갔다. 사람은 먹지 못하면 가는 것인데, 식사를 거의 하지 못했기 때문이다. 당시 환자복을 입고 힘없이 누워 있는 마누라를 보니 측은하다는 생각이 들었다. 어쩜 마누라보다 나 자신이 불쌍하다는 생각이 들었는지도 모른다. 만약 마누라가 갑자기 사라지게 된다면 나는 홀로 어떻게 살까를 생각하니 비애감으로 초라해지는 것이었다. 그나저나 마누라는 이제 앞으로 닭 강정이라는 것은 절대 먹지 않을 것이라고 본다.

대부분의 사람들은 자신의 건강과 관계없이 자신을 나이보다 젊다고 여기고 있는 것 같다. 사실 약 60~70년 전의 할아버지나 할머니들과 비교 시 지금 육십이나 칠십의 나이를 가진 이들의 얼굴은 대부분 너무 젊다.

그렇지만 그것은 그때와 비교 시 그런 것이고, 동시대를 살고 있는 이들과 서로 비교할 때 보면 스스로 착각을 하고 있는 이들이 너무 많은 듯하다. 그리고 무엇보다 시간이 가면서 누구나 젊어지는 것이 아니고 늙어 간다는 것이다. 아무리 부인하고 싶어도 오늘도 늙어 가고 있다.

솔직히 늙는다는 것은 결코 기쁜 일이 아니다. 무엇보다 늙어 가며 몸이 예전과 다르게 자꾸만 고장이 난다. 늙어 가면서 여기저기 고장이 나지 않을 수는 없다. 따라서 이젠 천천히 천천히 늙어 가길 바랄 뿐이다.

친구들의 고운 마음

시골 초등학교 동창들과 1박 2일로 칠순 여행을 다녀왔다.

장소는 여수와 순천이었는데, 당초 나는 참석 여부를 두고 고민하다가 다른 일정과 겹쳐 빠지겠다고 하였다. 그랬더니 몇몇으로부터 원망의 소리가 들렸다. 그런 와중에 여자 동창인 K로부터 전화가 왔다.

"박 회장님! 회장님이 안 가면 나도 안 가. 어렵게 잡은 우리 칠순 여행에서 왜 빠지려고 하는 거야?"
"일정이 잘 맞질 않네. 정기적으로 모이는 문학 모임과 겹쳐 그러니 친구들끼리 잘 다녀와~"

"그런 게 어딨어. 왜 돈이 없어서 그래. 그럼 계약금 내가 대신 내 줄게. 지금 박 회장 이름으로 10만 원 보낸다."
"허~ 그러지 마. 그냥 일반 모임이 아니고, 내가 꼭 참석해야 하는 모임과 겹쳐서 그러니 이해해 줘~"

"무슨 소리야. 그럼 이 모임은 일반 모임인가? 다른 것도 아니고, 칠순 여행이니 그 모임에 잘 말해서 여기에 참석했으면 좋겠어~ 지금 입금할 테니 그리 알아~"

"허~ 그러지 말라니까."

여행 일자는 동창들 투표에 의해서 결정된 날짜로 선약과 겹쳐 고민하지 않을 수 없었다. 투표를 하기 전에 미리 나의 일정을 통보하여 날짜 조정을 요구했다면 다른 결과가 나올 수도 있었을 텐데, 투표 결과에 따라 날짜 결정을 하다 보니 참석이 힘들어지게 된 것이었다. 그래도 명색이 회장이기에 참석하지 못하겠다고 통보를 하고도 사실 마음이 불편했다.

더구나 K로부터 이런 전화까지 받고 보니 불편 지수는 더 올라갔다. 그래서 재고 끝에 선약 모임 멤버들에게 양해를 구하고, 일정을 조정하여 동창들 칠순 여행에 참석하게 된 것이다. 무엇보다 K의 마음 씀씀이가 나의 참석을 종용했다.

사실 나는 고향에 있는 이 학교의 졸업생도 아니다. 물론 졸업은 안 했지만, 6학년 4월까지 다녔다. 당시 작은 아버지가 학교 선생님이었는데, 대전에 있는 G 초등학교로 전근을 가면서 나도 작은아버지를 따라 전학을 가게 되었고, 그에 따라 고향에 있는 학교를 졸업하지는 않았다. 그렇지만 그곳에 있는 친구들이 나에겐 가장 오래된 친구들이고, 이 친구들이 대부분 올해 칠순을 맞이했다.

물론 당시 9살이나 그보다 나이를 더 먹어서 입학하는 애들도 상당수 있었기 때문에 작년이나 재작년에 이미 칠순을 넘긴 친구들도 있지만, 정상적으로 입학한 애들은 올해가 우리 나이로 칠십이 된 것이다.

우선 우리의 칠순 여행엔 동창 S의 수고가 많았다. 처음부터 이 행사를 총괄 기획하고, 일정 잡고, 가이드 역할을 하면서 크게 수고한 덕분에 이 행사를 치를 수 있었다. 모든 행사가 그렇듯이 어느 누구의 희생이나 주도(主導) 없이는 진행하기가 어렵다. 따라서 S에게 큰 박수를 보내지 않을 수 없다.

우리들은 아침 일찍 용산역에 모였다. 이른 시간이기 때문에 대부분 아침을 먹지 못해 각자 자기 먹을 것을 가져올 것으로 알았는데, 대부분의 친구들은 그게 아니었다. 무엇을 그렇게 많이 가져왔는지, 참석자 모두가 먹을 것을 싸 온 친구들이 많아 해외여행 시 먹었던 호텔 뷔페식 조식이 부럽지 않았다.

동창 N은 자신이 키운 것이라며 블루베리를 얼마나 많이 가져왔는지, 얼마 전에 모 회장이 나에게 보내 준 양의 2배가 넘는다. 나 같으면 그렇게 많은 부피는 들고 오기 귀찮아서라도 가져오지 않았을 것이다. 그냥 맛보기로 가져온 것이 아니었다. J나 M도 아침 대용으로 충분한 간식거리를 잔뜩 가져왔다. K는 약간 작은 크기의 맛있는 삶은 계란을 수십 개 가져왔고, M은 일기예보상 비가 온다고 일회용 비옷도 사람 숫자대로 준비해 왔다. 동창 L은 동창들 숫자대로 김밥을 준비해 왔는데, 김밥까지 먹고 나니 친구들 배가 모두 불룩해졌다. 배고프면 나 혼자 요기하겠다고 집에 있는 빵 2개와 물만 갖고 간 나의 손이 부끄러웠다.

사실 여행이란 그렇다. 어느 곳을 관광하고 어떤 체험을 하는 것도 주요한 것이지만, 누구와 함께 하느냐가 더 남는 것이다. 무엇보다 친구들의 고운 마음을 볼 수 있는 여행이었다.

동창 S의 생일이라는 소리를 듣고 G는 축하 케이크의 비용을 냈다. 비도 오고 많이 걸어 지친 와중에 낯선 곳에서 케이크를 산다고 돌아다닌 K의 수고도 보기 좋았다. 친구를 생각하는 마음이 없었다면 할 수 없는 행동이다.

첫날 일정을 마무리하고, 숙소 근처 노래방에서 소리를 지른 후, 약간 출출한 배를 달래려고 라면 먹으러 갈 사람은 나를 따라오라고 했더니 L과 G만 따라온다. 그런데 24시간 영업이라고 하는 그곳은 무인 라면 가게이었다. 그런 곳에 처음 가 본 나는 물 받는 시간을 기다리지 못한 잘못으로 재차 뜨거운 물을 받게 되었다. 물도 덜 겸 L의 라면 그릇에 많은 양의 라면을 덜어 주었다. 그런데 L은 숙소에 있는 친구들에게 라면을 먹이겠다고 자신은 먹지 않고, 그 뜨거운 것을 들고 먼저 가게를 나서는 것이었다. 자기 먹으라고 라면을 사 주고, 라면을 덜어 주었더니 L은 친구들 먹이겠다고 나서는 것이었다. 친구들을 생각하는 그의 가슴이 넓다는 생각이 들지 않을 수 없었다. 결과적으론 술에 취해 비틀거리며 먼저 나간 그는 숙소를 찾지 못해 결국 라면이 퉁퉁 불었지만, 그의 마음 씀씀이는 충분히 읽을 수 있었다.

여수와 순천을 1박 2일로 다녀온 이번 여행에서 무엇보다 친구들의 고운 마음을 다시 한번 볼 수 있었다.

"여수순천"으로 한번 읊어 보았다.

여 여기 여수, 순천에 왔다

수 수많은 인연 중 가장 오래된 인연들이 모여서

순 순수한 동심을 바탕으로

천 천천히 멋있게 익어 가리라

친절은 오인을 덮을 수 없다

고향의 지인들과 동대문 근처에서 저녁 식사를 하고 집에 돌아올 때였다. 4호선을 타려고 동대문역 개찰구를 막 들어가니 지하철 직원인 것으로 추정되는 중년 남자가 과도하게 친절 제스처를 섞어 젊은 여자 두 명과 대화를 나누고 있었다.

"이쪽으로 내려가서 4호선을 타고 한 정거장 가야 됩니다."

그는 어린아이를 다루듯이 말한다.
"도으대무~ 운도우자 바햐요?"

좀 어눌한 한국어로 여자들은 어리둥절한 표정으로 말한다. 젊은 여자들은 일본인들이었고, 그녀들은 이 사람의 말을 반신반의하면서 고개를 갸우뚱하는 것이었다. 다시 한번 그가 말한다.

"동대문 운동장은 여기서 한 정거장을 더 가야 되니 이쪽으로 내려가세요."

그녀들의 태도로 보아 자기들이 방금 전에 올라온 쪽으로 다시 내려가라고 하니 갸우뚱하는 것이다. 그런데도 명찰이 달린 옷을 입은 그는 올라왔던 길로 다시 내려가서 4호선을 타라고 친절 강도를 높여 계속 재촉한다.

그냥 지나칠까 하다가 아무래도 이들의 소통에 문제가 있는 듯하여 나의 일본어 실력을 발휘하지 않을 수 없었다.

영어로는 "May I help you?"에 해당하는 "도와드릴까요?"를 일본어로 "お手伝いいたしましょうか?"라고 하였더니 2명의 젊은 여자들은 금방 얼굴이 확 펴지면서 서울시 지도를 꺼내 든다.

그래서 목적지가 어디인지 물어보니 똑 부러지게 정한 것은 아니지만, "동대문패션타운" 혹은 "현대백화점 면세점" 쪽으로 갈 예정인 듯하다. 그녀들은 동대문에서 동대문운동장 방향으로 가면 된다는 정보를 갖고 온 듯하다. 그런데 지하철 공사 직원인 듯한 그 사람은 그녀들이 알고 있는 것과 다르게 알려 주니 말이 서로 어긋나고 있었던 것이다. 방향을 잘 모르는 그녀들은 일반인보다 신뢰가 가는 제복 입은 그 사람에게 물었던 것 같고, 그 사람은 나름 친절하게 대답해 준다는 것이 동대문운동장이라는 말만 귀에 들어오니 엉뚱하게 다시 지하철을 타라고 계속 요구하고 있었던 것이었다.

가고자 하는 곳을 알게 된 나는 8번 출구로 나가면 된다고 하면서, 근처에 보이는 안내판을 가리키며 왼쪽으로 가면 된다고 하였더니 그제서야 안내판이 눈에 들어온 듯 "하이~하이~"하며 고마워한다.

　그런데 웃기는 것은 직원인 듯한 그 사람은 나와 그녀들의 대화를 컨닝하고 자신의 친절도를 더 높이려는 듯 "동대문 운동장 방향은 이쪽으로 가면 됩니다"라고 하면서 앞장서서 8번 출구 쪽으로 그녀들을 데리고 간다. 그녀들이 방향 표시를 모르는 것도 아니고 "8"이라는 숫자를 모르는 것도 아닐 텐데 말이다. 그녀들은 개찰구를 나가면서 나에게 밝은 미소와 함께 감사의 손을 흔든다.

　집에 오면서 그런 생각이 들었다. 친절한 것도 좋고, 더 나아가 서비스를 과도하게 하는 것도 좋지만, 엉뚱한 곳으로 길을 안내하면 안내받은 자는 고생할 수밖에 없다. 위와 같은 경우 내가 바르게 방향을 알려 주지 않았다면, 그 젊은 여자들은 목적지에 가는 데 시간을 많이 허비했을지도 모른다. 알고 있는 것과 다른 방향을 계속 강요받았기에 난감한 표정으로 그에게 길을 물어본 것을 후회했을 것이다.

　더 큰 것으로 국가나 국민이 나아갈 곳과 다른 엉뚱한 방향으로 지도자가 끌고 가면 그 나라는 어떻게 될까? 국민들에게 잘한다고 하면서 친절하게 국민들 비위를 맞추는 것도 좋고, 환심을 사는 것도 좋지만, 국민들을 엉뚱한 곳으로 끌고 간다거나 잘못된 곳으로 인도하는 정치인들은 차라리 없는 것이 낫다. 그들은 권력을 가지고 국민을 힘들게 하며 국가의 위치를 아래로 떨어뜨리는 머저리들이기 때문이다.

또한 평등을 주장하면서 평준화시킨다고 하향평준화나 시키는 방향으로 나라를 이끌고 간다면 그런 지도자도 차라리 없는 편이 나을 것이다. 국가 재정은 생각지도 않고 돈 몇 푼 준다고 하면서 인기나 얻으려고 하는 정치 지도자도 필요 없다. 잘못된 길로 인도하는 지도자는 정말 없는 것이 낫다. 그런데 우리나라는 그런 머저리들이 너무 많다. 그런 인간들은 제발 정치하겠다고 나서지 말았으면 좋겠지만, 현실은 오히려 정반대이니 답답하지 않을 수 없다.

내 개인 의견이지만, 무슨 이유가 되었건 군대를 갔다 오지 않은 이들은 국군통수권자가 될 자격이 없다고 본다. 우리나라 같은 휴전 상태로 아직 전쟁이 완전 종식되지 않은 나라에서는 적어도 그렇다. 여당이건 야당이건 주요 정당의 대표도 마찬가지이다. 군대를 갔다 오지 않은 이들에게는 가혹한 말이 될지 모르지만, 국방과 관련된 직책은 자제해 주길 바란다. 그런데 아이러니하게도 우리나라는 군대를 갔다 오지 않은 이들이 오히려 사회 곳곳에서 분에 넘치는 큰 권력을 쥐고 있다.

나의 20대 시절 생각이 난다. 아마 나도 군대만 갔다 오지 않았다면 고시에도 합격하고, 더 나아가 크게 출세했을지도 모른다는 생각을 해 본다. 무슨 헛소리냐고 할지 모르지만, 정말 그 당시로 가서 보면 그때가 내 인생의 전환점이었다. 당시 병역의무가 내 인생을 완전히 바꿔 버렸다. 그래서 억하심정(抑何心情)으로 하는 말이긴 하지만, 자의나 타의를 불문하고 신체적인 조건 등 무슨 이유가 되었건 병역의무를 이행하지 못한 사람은 국군통수권자가 되어서는 안 된다고 본다. 그냥 열불이 난다.

영어 문장을 외우며

지금부터 약 50여 년 전 고등학교 3학년 때이다. 당시 나는 "수학"이라는 과목은 전교에서 탑(top)이었지만, 영어 성적은 좋지 못했다. 아무리 많은 시간을 할애해서 공부해도 중간 수준에 머물렀다. 사람마다 재능이 다르듯이 당시 영어는 언제나 내 발목을 잡았다. 국어 성적도 좋지 못했지만, 영어보다는 나았다. 그래도 다행인 것은 수학을 필두로 다른 과목들에서 영어와 국어 점수를 보완해 주었기 때문에 상위 5% 정도의 순위는 유지할 수 있었다. 당시 그 학교에서 상위 수준에 드는 성적이면 국내 일류대학에 갈 수 있는 수준이었지만, 나는 가정 형편상 지방 국립대에 갈 수밖에 없었다. 당시 우리 집의 재정 궁핍과 더불어 영어라는 과목은 나를 무척 힘들게 하였다.

그런 이유 등으로 영어 문장 일부라도 나의 피와 살이 되게 해 보려고 외운 것이 그 유명한 처칠 수상의 취임 하원 연설문 일부와 케네디 대통령 취임 연설문 일부였다. 우선 처칠의 연설문에서 외운 것은 이것이었다.

"I have nothing to offer but blood, toil, tears and sweat. (제가 여러분께 드릴 수 있는 것은 피, 수고, 눈물, 그리고 땀뿐이라고.)"라는 내용이 들어 있는 연설문 중 일부로 아래의 문장이다.

We have before us an ordeal of the most grievous kind. We have before us many, many long months of struggle and of suffering. (우리의 앞에는 가장 고통스러운 시험이 기다리고 있습니다. 우리의 앞에는 투쟁과 고통으로 점철될 수많은 세월들이 기다리고 있습니다.)이었다. 정말 내 앞에는 고통의 가시밭길만 놓여 있는 기분이었기에 이 문장이 더 다가왔는지도 모르겠다.

이 연설문에는

You ask, what is our aim? I can answer in one word: It is victory, victory at all costs, victory in spite of all terror, victory, however long and hard the road may be; for without victory, there is no survival. (우리의 목적이 무엇이냐고 물으신다면, 한 단어로 대답하겠습니다. 그것은 승리입니다. 어떤 대가를 치르더라도, 승리. 어떠한 공포가 닥쳐와도, 승리. 갈 길이 아무리 멀고 험해도, 승리. 승리 없이는 생존도 없기 때문입니다.)라는 유명한 내용도 들어 있다.

그리고 케네디 대통령 취임 연설문 중 일부를 외웠다. 그의 연설문 중 가장 유명한 구절은 아래와 같다.

Ask not what your country can do for you-ask what you can do for your country. (조국이 여러분을 위해 무엇을 할 수 있을지를 묻지 마십시오. 여러분이 조국을 위해 무엇을 할 수 있을지를 물으십시오.)

나는 위의 문장과 함께 연설문의 제일 말미에 있는 아래 문장을 외웠다.

With a good conscience our only sure reward, with history the final judge of our deeds, let us go forth to lead the land we love, asking His blessing and His help, but knowing that here on earth God's work must truly be our own. (올바른 양심이 유일하고 확실한 보상을 해 주리라 믿고, 최후의 순간에는 역사가 우리를 심판하리라 믿으며, 사랑하는 이 나라를 이끌어 앞으로 나아갑시다. 하느님의 은총과 가호를 빌되, 이 땅에서 하느님의 과업은 곧 우리의 과업이 되어야 한다는 사실을 인식하며 앞으로 나아갑시다.)

즉, 나는 처칠의 연설문 일부와 케네디의 연설문 일부를 외워서 적당히 말할 기회가 오면 마치 영어를 잘하는 것처럼 읊어 대곤 했다. 50여 년 동안을 그렇게 살았다. 따라서 모르는 사람은 줄줄이 나열하는 나의 발음을 보고 내가 영어를 잘하는 줄 안다. 지난 세월 영어가 나의 아킬레스건이었지만, 위 문장을 외움으로써 어느 정도 모자람을 감추면서 살아온 것이다. 지금도 노래방 같은 곳에 가면 간주 나오는 동안 위 문장들을 랩으로 읊어 대곤 한다. 남들이 알건 모르건 그냥 내 멋에 지껄인다.

최근엔 This, then, is how you should pray(그러므로 너희는 이렇게 기도하라)로 시작하는 마태복음 6장 9절부터 13절까지의 "주기도문(主祈禱

文=The Lord's Prayer)"을 영어로 외웠다.

Our Father in heaven, Hallowed be your name,

your kingdom come, your will be done on earth, as it is in heaven.

Give us today our daily bread.

And forgive us our debts as we also have forgiven our debtors

And lead us not into temptation. but deliver us from the evil one.

For Yours is the kingdom and the power and the glory, forever. Amen.

마태복음 6장 9절부터 13절은 예수님이 제자들에게 가르치신 기도문으로, "주기도문"이라고 불린다.

이 문장을 외우게 된 원인은 나보다 열 살이나 위인 송천동 자치회관 서예 선생님이 이 주기도문을 영어로 외우고 있는 것이었다.

이에 자극을 받아서 문장을 암기하게 되었고, 요즘엔 아침마다 조용히 눈을 감고 이 문장을 읊는다.

응급실 전전

지난 금요일 저녁때의 일이다. 오후 3시쯤 치과에 다녀온 마누라가 3시간이 지났는데도 입에서 계속 피가 나온다고 걱정스러운 얼굴이다.

사람들은 일생 동안 얼마나 병원을 들락거리게 될까? 병원을 아예 가지 않으며 살 수는 없을 것 같고, 적게 가는 사람일수록 행복지수가 올라갈 것이라고 본다.

그러면 병원에 적게 가기 위해서는 무엇을 어떻게 해야 할까? 운동을 꾸준히 하며 몸을 튼튼하게 해야겠지만, 우선 좋은 식습관을 유지하는 것이 필요할 것이다. 즉, 자신의 몸과 관련하여 먹는 것부터 잘 관리하는 사람일수록 병원에 가는 횟수가 줄어들 것이라고 본다. 몸에 해롭다는 담배나 술을 멀리하는 것만으로도 그렇지 못한 사람보다는 병원비가 적게 들어갈 것이라고 본다.

그리고 부모로부터 물려받은 건강 유전자가 우수한 사람일수록 병원과 거리가 멀 것이라고 본다. 또 부모가 되었건 배우자가 되었건 함께 먹고 자는 사람으로부터 영향받은 각종 습관도 건강 척도를 크게 좌우하게 될 것이다.

그런데 우리 부부는 몸 관리가 우수하다고 할 수 없는 쪽이다. 왜냐하면 둘 다 자주 병원을 들락거리기 때문이다. 무엇보다 나도 그렇지만, 마누라도 응급실을 자주라고 할 순 없지만, 가끔 가는 편이다. 일반적으로 응급실엔 거의 가지 않으며 사는 경우가 대부분일 텐데 말이다.

그나저나 마누라 입에서 계속 피가 나온다니 걱정되지 않을 수 없었다. 이날 마누라는 동네 치과에서 임플란트 시술을 했기 때문이다. 잇몸과 턱뼈에 나사를 식립하는 것으로 나도 그 병원에서 약 한 달 전 오른쪽 윗부분 어금니 2개를 했는데, 이번에 마누라도 같은 부위에 2개를 했다. 당시 나는 아스피린 성분이 있는 약은 먹지 않고 있었고, 통증 완화 등 관련 약을 복용한 탓인지 그렇게 고생하지는 않았었다. 그런데 마누라는 통증도 심하지만, 무엇보다 피가 멈추지 않는다는 것이다. 아스피린 성분의 약은 평소에도 복용하지 않았기 때문에, 나는 괜찮아질 것이라고 하면서 치과에 전화해 보라고 하였다. 당연히 치과는 이미 문을 닫았기 때문에 전화를 받을 리 없다. 나는 저녁 식사 후 졸음이 밀려와 8시 넘어 일찍 잠이 들었다.

한참 꿈나라로 가고 있는데, 집사람이 나를 깨운다. 저녁도 먹지 않고 시술 부분에 계속 거즈를 대고 있었지만, 피가 계속 쏟아지니 겁이 났던 모양이다. 시술한 지 7시간 이상이 지났다. 옷을 주섬주섬 챙겨 입고 오후 10시 30분쯤 집에서 제일 가까운 H종합병원 응급실로 차를 몰고 갔다. 비가 추적추적 내린다. 가까운 거리인데도 비가 오는 탓인지 길이 막힌다. 빨리 가야 한다는 생각으로 예상보다 많은 지체가 느껴졌을 것이다. 약

30분 걸려 응급실에 도착했다.

그런데 자기들은 치료할 수 없으니 치과병원이 있는 응급실로 가라는 것이다. 헛걸음하였다고 생각하니 더 바빠진다. 집사람이 조회를 해 보더니 주변에는 서울대학교 병원밖에 없다고 한다. 그래서 다시 차를 몰고 서울대학교 병원 응급실로 갔다. 집사람의 고통스런 모습을 보니 가까운 거리도 멀게 느껴진다. 길에서 보내는 시간이 정말 매우 길게 느껴진다. 일각이 여삼추다.

서울대학교 병원 응급실에 도착하여 집사람을 먼저 내려주고 나는 주차장을 찾아 주차하고 올라갔다. 응급실에 가니 집사람이 보이지 않는다. 그곳에서는 치과대학 병원 응급실로 가라고 안내하여 집사람은 건너편의 치과대학 병원을 찾아간 것이었다. 나도 그곳으로 갔다. 다른 응급실과 달리 그곳 대기실엔 1명도 보이지 않았다. 시간은 어느덧 12시를 지나고 있었다. 금요일이 토요일로 바뀌고 있던 것이었다.

젊은 의사 선생님이 안심을 시켜 주었다. 고여 있는 피가 계속 나오는 것이라며 시간이 지나면 괜찮아질 것이라고 한다. 그 말이 왜 이렇게 반가운지 모르겠다. "괜찮아질 것"이라는 이 한마디를 들으려고 이렇게 응급실을 전전한 것이었다. 입에서는 "감사하다"는 말이 저절로 나온다. 진찰이나 치료비도 받지 않았고, 주차비도 없었다. 지난 모 병원의 주차장과 비교가 된다. 그저 모든 게 감사하다. 집에 오니 0시 40분이 되었다. 집을 나선 지 약 2시간 이상 걸려 여러 응급실을 다녀온 것이다.

살다 보면 참으로 수많은 일들이 발생한다. 또 언제 어떤 일이 발생할지 모른다. 그럴 경우 어떻게 처리하며 살아야 할지 정답이 다 있는 것은 아니다. 없는 경우가 대부분이다. 따라서 잘 판단해야 한다. 상황에 맞게 잘 처신하며 슬기롭게 살 수밖에 없다. 한밤중에 애를 태우며 2시간 이상을 보냈지만, 아무 일 없을 것이라는 의사 선생의 말에 안도의 숨을 내쉬는 날이었다.

코피의 반란

약 2주 전부터 코피가 나기 시작했다. 나는 어렸을 때부터 여간해서는 코피가 나지 않았다. 어쩌다 큰 충격이나 누적된 피로 등으로 코피가 나더라도 살짝 비치는 정도에 그쳤을 뿐만 아니라, 약간 흐르다가도 금방 멈추곤 했었다. 따라서 지금까지 살면서 코피를 흘린 경우는 손으로 꼽을 정도다. 그런데 이번엔 다르다. 무슨 이유인지 자꾸만 코피를 쏟는다. 게다가 흘리는 양도 상당하다. 고지혈증 약으로 먹는 아스피린과 같은 약이 코피를 더 흘리게 했을 것으로 본다. 여하튼 솔직히 불안하지 않을 수 없었다. 평소 지병인 고혈압이 그 원인일 수도 있겠고, 아니면 더 큰 병일지도 모른다는 생각으로 우울할 수밖에 없었다.

시작은 약 2주 전, 아침에 일어나 화장실에서 세면을 하는데 코피가 나는 것이었다. 멈췄다가 나고, 멈췄다가 또 나는 것을 반복한다. 즉, 지속적이라기보다는 간헐적으로 나는 것이다. 그나마 다행인 것은 지혈이 그렇게 어렵지 않다는 것이다. 어느 때는 피를 많이 쏟지만, 휴지로 코를 막고 있으면 오래 지나지 않아 지혈은 된다.

사실 처음엔 코피가 나도 금방 멎을 것이라고 여겼기에 대수롭지 않게 생각했다. 밤새 글씨를 쓰거나 그림을 그리는 것 등으로 피곤해서 그런 것이므로 금방 괜찮아질 것이라고 생각했다. 그런데 3일째 되는 날도 서예실의 사람들과 점심 식사를 하는데, 또 주르륵 흐르는 것이었다. 그렇게 이틀 이상을 몇 번 코피가 나니 솔직히 겁이 나기 시작했다. 그래서 일단 코를 막고 가까운 이비인후과로 갔다. 이리저리 조사를 해 보더니 엉뚱한 소리만 늘어놓는다. 코 중앙의 비중격이 약간 휘어져 있어 한쪽의 코로 드나드는 것이 집중되어 코피가 자주 나는 이유일 것이라고 한다. 그러면서 대수롭지 않다는 식으로 말하며 지혈제만 처방해 주는 것이었다. 그 후 다행스럽게 코피 없이 약 이틀이 지나갔다.

나는 언제부터인지 잠을 푹 자지 못한다. 3~4시간 정도 자면 꼭 눈이 떠진다. 그리고는 금방 잠이 오지 않아 책상머리에 앉아 1~2시간 있다가 다시 잠이 든다. 또 3~4시간 정도 다시 잔다. 이렇게 생활한 지 꽤 된 것 같다. 즉, 밤에 자다가 1~2번 정도 깨어 오줌을 누는 버릇으로 생활한 지가 적어도 3년은 된 것 같다.

코피를 흘리지 않고 이틀이 지나간 이후도 그냥 피곤하다는 느낌이었다. 밤에 자다가 역시 1시쯤 깨어서 2시간 정도 책상머리에 앉아 영화 리뷰 동영상 등을 보다가 다시 자기 전에 화장실에서 오줌을 누는데, 코피가 또 왈칵 쏟아진다. 한참이 지난 후 지혈이 되었다, 지혈이라기보다 그냥 화장지로 코를 틀어막고 있으니 10분 후쯤 코피가 멈추는 것이었다. 처방해 준 지혈제를 먹었는데도 말이다. 아무래도 무슨 큰 병은 아닌지 불안하지 않을 수 없었다. 그렇게 밤을 새우고 아침이 되어 화장실에 샤워를 하러 들어갔는데, 샤워 도중 또 코피가 흐르는 것이었다. 불안의 강도가 크게 올라갔다.

이 모습을 본 마누라도 걱정이 되었는지 종합병원 응급실로 가자고 한
다. 집에서 가까운 한일병원으로 갈까 하다가 서울대학 병원으로 가기로
했다. 차를 운전하기 겁이 났는지 콜택시를 불렀다. 출근 시간이 살짝 지
났음에도 도로는 왜 이렇게 막혀있는지 가는 시간이 여삼추다. 마누라는
119를 부르지 않은 것을 후회했다.

서울대학 병원 응급실로 갔다. 접수 후 약 7분 정도 기다리니 이름을 부
른다. 코피는 멎어 있었다. 응급실 문에 있는 남자 간호사에게 지금까지
있었던 일을 간단하게 설명했다. 그 간호사는 코피가 멈추지 않고 지금도
계속 나고 있는 것이라면 몰라도 이곳 응급실에서 할 수 있는 것은 아무
것도 없다고 한다. 절차를 밟아 이비인후과에서 진료를 받아야 된다고 말
한다. 그러면서 지혈 방법에 대하여 설명한다. 그리고 휴지로 이렇게 코
를 막지 말고, 거즈로 막는 것이 좋다고 하면서 가지고 있는 거즈 한 통을
내민다. 사실 서울대학 병원에 이비인후과 예약을 하려면 몇 달이 걸릴지
모른다. 언제 진료를 받을 수 있을지 기약을 할 수가 없다. 마누라는 그냥
동네의 이비인후과로 가면 되냐고 물으니 그렇게 하시라고 한다.

집 근처의 이비인후과로 급히 갔다. 겨울철 건조 등으로 코 점막이 손상
되고 작은 혈관이 터져서 그렇다고 하며 나름대로의 조치를 해 준다. 그
리고 지혈제를 처방받았다. 그로부터 또 이틀은 코피 없이 지냈다. 그런
데 사흘째 되는 날 또 터져서 피가 줄줄 흐르는 것이었다. 다시 이비인후

과로 갔다. 의사는 안심시키려는 듯 그래도 좀 가라앉았다고 하면서 조치를 한 다음 4일 분의 지혈제를 처방해 주었다. 큰 병원에 가서 전기 치료 혹은 다른 치료를 받는 것이 좋겠냐고 물으니, 그럴 필요 없다고 하면서 큰 병원에 가도 이곳에서의 치료와 별다른 것이 없다고 한다. 또 코피 없이 이틀이 지났다. 그리고 아침에 다시 코피가 났는데, 이번엔 약간 흐르는 정도로 그쳤다. 그냥 집안의 건조함만 신경 쓰고 코를 풀지 않기만 해도 괜찮아질 것이라는 생각이 들었다. 그리고 그 이후로는 별 문제 없이 지내고 있다.

지금은 코피를 흘리지 않고 있지만, 아직 불안한 것은 사실이다. 마누라는 약국에서 약사가 추천해 주었다고 하면서 '셀메드'라는 것을 사 가지고 왔다. 어떤 치료약처럼 이것을 바르면 그냥 심리적으로 조금 안심이 된다.

이번 사건으로 난 습관을 고치게 될 것 같다. 평소에 코를 세게 푸는 습관을 바꾸는 것이다. 이번 기회로 나는 코를 청결하게 한다고 자주 코를 풀었던 것을 하지 않을 것 같다. 코털을 깎을 때도 조심하여 다듬을 것이다. 무엇보다 밤에 잠이 오지 않는다고 붓을 잡고 글씨를 쓰거나 그림 그리는 것을 자제하려고 한다. 늦은 밤에는 억지로라도 침대에 누워 잠을 청할 것이다.

베로에 대한 추억

"우리도 강아지 한 마리 키워 볼까?"

집사람이 은근히 나의 의중을 떠본다. "NO"라는 대답이 돌아올 줄 알면서 동물과 관련된 TV 프로그램을 보고 난 후엔 한 번씩 툭툭 던진다. 언제부터인지 TV를 켜면 동물과 관련된 프로그램이 무척 많다. "TV 동물농장", "개는 훌륭하다"를 비롯하여 반려동물 관련 프로그램이 많은 탓인지 동물에 대한 인식도 많이 변했다.

불과 10여 년 전과 비교해 볼 때 엄청난 변화를 느낄 수 있다. 이제는 동물을 함께 지내며 돌봐야 할 대상이라고 생각하는 사람들이 늘어났음은 물론이고, 동물을 마치 자식처럼 보살피는 인구가 엄청나게 늘어났다. 강아지나 고양이를 마치 자기 아들이나 딸 혹은 동생으로 여기는 것을 보며 이렇게까지 세상이 변했다는 것에 거부감도 든다. 어느 경우는 부모보다 더 아끼면서 돌보는 것을 보며 마음이 껄끄러워지기도 한다. 부모로부터 일찍 버림받아 얻어먹는 것으로 남의 눈치 보기 바쁜 애들보다는 차라리 개로 태어나는 것이 축복일 정도이다.

물론 반려견이 주는 긍정적인 면은 엄청 많다. 우선 강아지를 키우는 사람들의 공통 의견이 강아지로 인해 힐링이 많이 되고 행복해진다는 것이다. TV 프로그램 등에서 가장이 저녁에 귀가할 때 배우자나 자식보다도 개가 제일 먼저 꼬리를 흔들며 반기는 모습을 보면, 보는 사람의 입꼬리가 올라간다. 많은 사람들이 반려견을 키우면서 육체적, 정신적으로 크게 도움을 받는다고 한다. 누구는 강아지로 인해 혈압도 잡았고, 산책으로 체력도 좋아졌으며, 우울증도 벗어나게 되었다고 한다.

학술지 "Journal of Personality and Social Psychology"에 의하면 애완견을 기르는 사람들은 기르지 않는 사람들에 비해 전반적으로 행복(wellbeing)함을 느낀다고 한다. "British Psychological Society"의 연구에 의하면 애완견과 함께 지내는 사람들은 치료 효과나 심리적으로 생활에서 행복을 느낀다고 한다.

정말 수년 전과 비교해 볼 때 동물을 대하는 면에 있어서 너무 많은 변화가 있음을 알 수 있다. 내가 어렸을 때와는 아예 비교할 수도 없다. 당시 시골에선 아무리 작은 강아지라도 개를 방에 들여놓는다는 것은 상상도 할 수 없는 일이었다. 마당이나 대문 근처에 매달아 놓거나 그냥 풀어놓고 길렀다. 그리고 대부분은 일명 "똥개"라고 하는 것들이고, 어느 정도 크면 잡아먹는 집도 있었다. 그때를 생각하다 보니 나와 가깝게 지내다가 하늘로 간 "베로"라는 개가 떠오른다.

내 기억으로 우리 집은 이상하게 개를 잘 기르지 못했다. 누가 강아지를 많이 낳았다고 한 마리를 선물로 주면 오래 키우질 못했다. 몇 개월을 넘기는 경우가 드물었다. 무슨 이유인지 모르지만, 시름시름 앓거나 쥐약을 먹곤 하였다. 한마디로 1년은커녕 반년을 넘기는 경우도 없었던 것 같다. 그래서 당시 아버지는 "우리 집과 개는 맞질 않는 모양"이라는 말을 하곤 했다.

그런 상황에서 비교적 오랜 시간 함께한 개가 있었다. 이름은 "베로"라고 아버지가 지어 주었는데, 왜 그렇게 지었는지는 모른다. 베로는 똥개가 아니고 진돗개와 잡종이었다. 그런 탓으로 시골에서 기르는 일반 개들에 비하여 암컷인 탓도 있어서 크기가 상당히 작았다. 순수 혈통의 진돗개는 아니지만, 동네 사람들이 알아줄 정도로 영리한 개였다. 당시 "앉아, 일어 서"라는 말을 알아듣는 것도 아니었기에 지금 기준으로 보면 너무 시시하 다고 하겠지만, 내가 대문 안으로 들어서기 전부터 발자국 소리만으로도 알아채고 꼬리를 흔들었다. 이웃에 살고 있는 초등 동창은 "우리 집 앞을 지날 때 아무리 조용히 걸으며 지나가려 해도 귀신같이 알고 짖는다."라 고 말하곤 하였다. 다른 집 개들보다 귀가 밝았다는 것이다.

솔직히 요즘 훈련받은 개들과는 비교 자체가 되지 않겠지만, 당시 도둑 이 오면 벌벌 떨다가 밤하늘에 떠 있는 보름달을 보고 짖는 동네의 일반 똥개들과는 달랐다. 또 베로는 나쁜 인간이라고 생각되면 짖지도 않고 있 다가 발목 뒤를 물어 버렸다. 그래서 그런지 우리 집엔 도둑도 들지 않았 다. 정말 당시엔 도둑들이 왜 그렇게 많았는지 모른다. 그런 탓인지 시골 에서는 개를 키우는 집이 많았다. 베로는 다른 집 개들과 비교한다면 상 당히 영리한 편이었다.

자꾸만 영리하다는 것을 반복해서 쓰다 보니 비웃을지도 모른다는 생각이 들면서 누구에게 들은 유머가 생각난다. 아줌마 둘이서 자기 집 개가 똑똑하다고 자랑하는 대화인데, 한 아줌마가 "우리 집 개는 얼마나 똑똑한지 아침마다 제과점에 가서 빵을 사 와요."라고 하니까, 다른 아줌마가 한다는 말이 "알고 있어요."라고 말한다. 그러니까 먼저 말을 한 아줌마가 의아해하며 "어떻게 아셨어요?"라고 하니까. 다른 아줌마가 "우리 집 개가 빵을 팔거든요."라고 했다는 우스갯소리이다.

여하튼 내 판단으로 영리한 베로는 우리 집의 경계병 역할을 충실히 하며 나이를 먹었다. 특히 내가 뒷산으로 산책 시 데리고 다녔기 때문에 나를 유독 잘 따랐다. 하지만 당시 나는 대전에서 학교를 다니고 있었기 때문에 방학 때만 함께 지낼 수 있었고, 방학이 아닌 경우는 약 2개월마다 보는 정도이었다. 약 1~2개월 지나고 봐도 베로는 귀신같이 나를 알아보고 꼬리를 흔들었다. 그런데 이상한 일이 발생하였다. 내 기억으로 아마 대학교 2학년 때로 기억된다. 나는 어려운 가정 형편상 여고생을 아르바이트하며 지내다 보니 집에 한참 동안 내려오지 못했다.

계절이 두 번 이상 바뀐 다음에 집에 왔던 것 같다. 시골집에 들어서니 대문은 살짝 열려 있는데, 집에는 아무도 없었다. 베로가 짖기 시작한다. 나는 반가운 마음에 "베로"라고 크게 부르면서 다가가는데, 앙칼지게 짖는 것이었다. 계속 짖는다. 내 뒤꿈치를 물려고 달려든다. 야속한 기분도 들고 "똑똑하다는 네가 주인도 못 알아보느냐?"는 기분이 되어 달려드는 베로를 향해 발길질을 하였다. 그랬더니 깨갱거리며 마루 밑으로 들어간다. 나는 신발을 벗고 마루를 건너 안방으로 들어갔더니 베로는 마루 밑에서 나와 계속 짖는다. 방에 있으려니 시끄럽기도 하여 밖으로 나오니 베로는 다시 마루 밑으로 기어 들어가 짖어 댄다. 내가 너무 당당하게 나오니 겁을 먹은 듯하였다. 나는 "베로~ 베로~"라고 말하며 이리 오라고 계속 손짓을 했다. 겁먹은 베로는 한참을 마루 밑에서 컹컹거리더니 갑자기 기억이 돌아왔던 모양이다. 꼬리를 사정없이 흔들며 나에게 안기는 것이었다. 나는 머리를 쓰다듬었고, 베로는 배를 하늘로 향했다가 안겼다가 난리를 쳤다.

개의 기억력은 얼마나 될까? 아이큐는 얼마나 될까? 사람마다 차이가 있듯이 아마 개도 그럴 것이라고 본다. 그 뒤로 베로가 죽을 때까지 나를 못 알아본 경우는 없지만, 우리 집이 돈과 인연이 멀듯이 개와 인연이 깊지 못한 탓으로 베로도 그렇게 오래 살지는 못했다. 내 기억으로 5년을 넘기진 못했던 것 같다. 그런 기억 등으로 나는 집사람이 애완견 한 마리 키워보자는 물음에 "NO"라고 말하다가 요즘엔 아예 대꾸도 하지 않는다.

Proud Mary(프라우드 메리)

중학교 3학년 때이었다. 고등학교 입학시험 준비로 한창 바쁠 당시 좀 껄렁거리며 놀던 같은 반 학생 몇몇이 신나는 노래를 부르며 쉬는 시간을 점령하곤 했다. 그들이 불렀던 노래는 다름 아닌 1969년 미국 밴드 CCR이 발매한 Proud Mary(프라우드 메리)라는 노래이었다. 빠른 박자의 그 노래가 멋있게 들렸다. CCR은 미국 캘리포니아에서 결성된 컨트리 록밴드 'Creedence Clearwater Revival'을 말한다는 것인데, 당시에는 밴드 이름은커녕 누가 그 노래를 불렀는지도 몰랐다.

이 노래가 발매 후에 빌보드 핫100 2위를 기록하는 등 대히트를 했다는 것도 나중에 알게 된 것이고, 1971년에 Ike(아이크)와 Tina Turner(티나 터너)가 리메이크하여 빌보드 핫100 4위에 올랐으며, 그래미상을 수상하기도 했다는 것도 당시에는 몰랐다.

여하튼 공부하고 친하지 않으면서 나팔 바지에 모자챙을 일자로 하여 삐딱하게 쓰고 다니던 애들이 부르면서 다녔는데, 그냥 듣기에 좋았다. 당시 그들은 그 노래를 영어 단어로 외운 것이 아니고 소리 나는 대로 한글로 적어서 외워 불렀다. 따라서 그들은 그 가사가 무엇을 의미하는지도 모르고 불렀다고 본다. 나는 그들과 함께 어울리지는 않았지만, 가사를

한글로 적어 여기저기 돌아다니는 쪽지를 누군가로부터 건네받았다. 나
역시 무슨 뜻인지도 모르고, 어떤 가사가 쓰여있는지도 모르면서 신나는
곡에 맞춰 흥얼거리곤 했다. 지금처럼 인터넷이 발달한 시대이었다면, 가
사를 찾아보고 정확한 발음으로 의미를 알며 불렀을 텐데, 당시에는 그저
흥얼거릴 뿐이었다.

우리나라에서는 조영남 가수가 1970년에 '물레방아 인생'이라는 제목으
로 번안곡을 발표하였는데, 우리 반 애들은 '물레방아 인생'이라는 노래도
영어 가사와 더불어 자주 부르곤 했다. 당시 나는 '프라우드 메리'(Proud
Mary)에서 메리는 당연히 여자 이름인 줄 알았었다. 그래서 당당한 메리
인 줄 알았는데, 사실은 강 위를 떠다녔던 증기선의 이름이었던 것이다.

1절 가사는 아래와 같다.

Left a good job in the city
도시의 좋은 직장을 그만두고 떠났어

Workin' for the man every night and day
밤낮으로 다른 사람을 위해 일했지

And I never lost one minute of sleepin'
잠을 제대로 잘 수가 없었어

Worryin' 'bout the way things might have been
미래가 어떨지 걱정하느라

Big wheel keep on turnin'
큰 바퀴가 계속해서 돌지

Proud Mary keep on burnin'
프라우드 메리호는 계속 불타지
(증기선이 연기를 내뿜는 모양)

Rollin', rollin', rollin' on the river
강물 위를 누비지

　나는 이제야 정식으로 가사를 외운다. 수십 년 전 흥얼거리던 발음의 잘못을 고쳐 가며, 제대로 된 영어로 노래를 흥얼거린다. 이제서야 학창시절 서툴던 낯선 말이 꽃처럼 피어나 한결 익숙해진 나를 발견한다. 이를 짧게 영시(英詩)로도 지어 본다.

In my youth,
words slipped away like wind
Now, in quiet years,
they return
gentle as petals resting on my tongue

젊은 시절,

말들은 바람처럼 흩어져 갔다

이제 고요한 세월 속에

그 말들이 다시 돌아와

꽃잎처럼 내 혀 끝에 고이 내려앉는다

　당시 인터넷 등으로 정보를 얻으며 영어를 지금처럼 공부했다면, 학창 시절 영어 때문에 그렇게 힘들지 않았을지도 모른다. 이제는 누가 알아주 건 말건 나 혼자 영어 가사를 외우며 내 멋에 산다.

흐르는 먹의 노래

나의 취미 중 서예는 가장 으뜸이다. 서예를 하는 시간은 그냥 행복하다.

서예에 입문한 이후 기초를 어느 정도 닦았다고 여기면서 남의 글만 쓸 것이 아니라 내가 지은 시를 써 보자는 생각으로 漢詩(한시)에 관심을 가지게 되었는데, 이는 서예를 바탕으로 한 것이다.

서예를 하는 틈틈이 서예 월간지나 영상 등을 보면서 더 깊은 맛을 느끼게 되었고, 그 느낌으로 관련된 글도 쓰게 되었다.

돌이켜 보면 서예와의 만남은 기쁨을 넘어 내 삶의 결을 바꾸어 놓았다. 이에 그동안 수필 형식을 빌려 여기저기 게재하였던 서예 관련 글을 싣는다. 내가 서예를 접할 수 있었던 것은 신의 선물이라고 생각한다.

조선 최고의 명필

1. 우문의 시작

조선 최고의 명필은 누구일까? 사실 이런 질문은 우문이다. 조선 3대 명필 혹은 4대 명필을 꼽는 것도 사람마다 다르듯이 명필들의 글씨를 어떤 기준으로 평가하느냐에 따라 순위가 바뀔 수 있기 때문이다. 따라서 "조선 최고의 명필"이 누구냐는 물음에는 사람마다 다를 것이다. 즉, 평가하는 사람의 주관이 개입되지 않을 수 없다. 따라서 이 글도 나의 주관이 개입되었음을 먼저 밝힌다.

우선 서예를 하면서 느끼는 것 중 하나는 무슨 무슨 體(체)가 엄청 많다는 것이다. 대표적인 5체(해서, 행서, 초서, 전서, 예서)를 말하는 것이 아니고, 그 5체에서 갈라져 나온 각종 체들이 부지기수다. 어떠한 碑文(비문)에 의한 글씨체도 엄청 많고, 더 나아가 명필들의 이름이나 호를 따서 부르는 書體(서체)들도 엄청 많다.

우선 해서의 예를 들면 일명 육조체라고 하는 것으로 비문에서 따온 "장맹룡비"나 "원진묘비명"을 비롯하여, 명필 이름에서 따온 서체들이 부지기수이다. 예서에서도 "사신비"나 "조전비" 등 수두룩하다. 비문이 아니고 사람 이름을 따서 붙여진 것으로는 왕희지체, 구양순체, 안진경체 등을 비롯하여 조선시대 서예가로 쌍벽을 이룬다고 할 수 있는 추사 김정희의 추사체라거나 석봉 한호의 석봉체 같은 것 등이 있다.

어찌 보면 글씨를 쓰는 사람마다 똑같은 글씨는 없다. 예를 들어 어느 선생이 체본을 똑같이 써 주어도 배우는 사람들의 글씨가 모두 다르다. 체본과 비슷하게 쓸 뿐이지, 사람의 얼굴 모양처럼 모두 다르다는 것이다. 당연히 명필들은 독특한 개성을 지닌 자기체를 모두 가지고 있다고 할 수 있다.

서예와 관련한 각종 전시회나 도록, 인터넷 등으로 다양한 작품들을 보면 우리나라에도 글씨를 잘 쓰는 사람이 참 많다는 것을 알 수 있다. 내 기준으로 볼 때 이름이 제대로 알려져 있지 않은 사람의 작품에서도 훌륭한 글씨들을 많이 만날 수 있으니, 자칭이나 타칭으로 명필이라고 하는 이들은 아마 부지기수일 것이다. 정확한 숫자인지는 모르겠지만, 우리나라에 서예 인구가 일천만이 넘고, 한번 붓을 잡았다 돌아선 이까지 합하면 이천만이 넘는다고 하니, 그 많은 사람 중에서 나름대로 글씨를 잘 쓴다고 하는 이들이 얼마나 많을 것인가. 정말 헤아리기 힘들 정도일 것이다.

2. 조선 4대 명필

다시 주제로 돌아가서, 일반적으로 조선 4대 명필이라고 한다면 안평대군(본명 : 이용), 봉래 양사언, 석봉 한호, 추사 김정희를 꼽을 수 있을 것이다. 어떤 이는 4대 명필에 자암 金絿(김구)를 넣기도 하고, 원교 이광사를 넣기도 하며, 안평대군이나 김정희를 빼기도 한다. 조선 후기 3대 명필로는 호남의 창암 이삼만, 한양의 추사 김정희, 평양의 눌인 조광진을 꼽기도 하며, 또 어떤 이는 조선 3대 명필로 한석봉, 양사언, 김정희를 말하기도 하는 등, 평가하는 사람에 따라 약간의 차이가 있다. 세계 7대 불가사의나 세계 3대 악녀를 꼽을 때도 사람마다 조금씩 다른 것처럼 명필도 마찬가지다.

 사실 기준이라는 것도 사람에 따라 다르기 때문에 위에 언급한 명필 중누구의 작품이 더 우수하다고 함부로 재단하는 것은 매우 힘들다. 또 같은 사람이라도 어느 상태에 있을 때 보느냐에 따라 평가를 달리하기도 한다. '추사 김정희'가 평가한 '원교 이광사'의 대흥사 현판 글씨가 이를 잘 말해 준다. 추사가 1840년 제주도로 유배를 가면서 해남 대흥사에 들러 원교가 쓴 대웅보전 현판 글씨에 대해 혹평하면서 떼라고 했다가, 1848년 귀양이 풀려 서울로 올라가면서는 옛날 자신이 잘못 보았으니 다시 달아달라고 했다는 이야기이다. 이 이야기는 사실 여부를 떠나 지금은 전설로 남아 있다. 자신만만을 넘어 오만하던 50대의 추사가 귀양살이를 하면서 성숙해져 가는 과정을 말하는 에피소드로 소개되기도 한다.

 따라서 이러한 명필들을 어떤 잣대로 평가하느냐에 따라 4대 명필에 들어가기도 하고, 빠지기도 한다. 누가 최고의 명필이냐를 떠나서 분명한 것은 지금까지 언급된 사람들 모두 어떤 기준으로 평가하느냐에 따라 최고의 서예가임을 부인할 수는 없다. 예를 들어 높이로 따지면 백두산이지만, 경치로 따지면 금강산이 더 우위에 있다고 할 수 있다. 또 어떤 이는 지리산이야말로 최고의 명산이라고 할지도 모른다. 그런 의미에서 김구나 이광사도 대단한 명필이지만, 여기서는 일단 처음에 언급한 4대 명필에 대해서만 우선 간단하게 기술한 후 내가 생각하는 최고의 명필에 대하여 쓰고자 한다.

먼저 4명의 글씨에 대하여 한마디로 표현한 일반적인 평은 이렇다. 안평대군의 글씨는 매우 뛰어난 글씨이기에 名品(명품)이라고 한다. 양사언의 글씨는 절묘하다고 해서 妙品(묘품)이라고 하며, 한석봉의 글씨는 모범이 되고 표준이 된다고 하여 法品(법품)이라고 한다. 반면 김정희의 글씨는 신의 경지에 올랐다고 하여 神品(신품)이라고 한다.

3. 부분 서평

(1) 안평대군

안평대군은 잘 알다시피 세종의 셋째 아들이다. 훗날 세조가 된 그의 형 수양대군에 의해 역사의 패배자가 된 탓으로 남아 있는 그의 서예 작품은 거의 없다. 국보인 '소원화개첩'에서 그의 글씨를 볼 수 있고, 몽유도원도에 실린 그의 발문 등에서 씩씩한 해서와 유려한 행서의 조화를 볼 수 있다.

그는 서예, 시문, 그림에 뛰어나 '三絶(삼절)'이라고 불렸으며, 그의 글씨를 보고 명나라 황제도 감탄했을 정도였다고 한다. 1450년(세종 32년) 명나라 사신인 예겸과 사마순이 조선을 방문했을 때 안평대군이 쓴 현판의 두 글자를 보고 감탄사를 연발했다는 기록도 있다. 조맹부의 필법을 바탕으로 '호매한 필력이 대단했으며 늠름한 기운이 날아 움직일 듯한 보물'이라는 극찬(용재총화에 있는 내용)을 비롯하여 그의 글씨에 관한 여러 기록들이 있다.

당시 그가 문화계의 중심인물이 된 것은 뛰어난 서예나 문장이 당연히 뒷받침이 되었겠지만, 왕자라는 신분도 크게 영향을 미쳤을 것으로 본다. 따라서 그의 주변엔 글깨나 쓰고 짓는다는 수많은 사람들이 모여들었고, 결국은 그의 주변에 모이는 많은 이들이 수양의 눈을 거슬리게 하여 명을 재촉하는 이유가 되었을 것이다.

여하튼 그는 고려말부터 유행한 조맹부체를 따랐으나, 이를 나름대로의 필법으로 발전시켜 중국 사신들로부터는 "조맹부에게 배웠으나, 조맹부보다 훌륭하다"는 찬사를 받을 정도로 이름을 떨쳤다.

(2) 양사언

출생 순에 따라 봉래 양사언에 대해 언급하고자 한다. 그는 1517년에 태어나 1584년에 사망하였다. 먼저 '봉래'라는 호는 여름 금강산의 이름에서 따온 것이다. 이에 대하여는 포천 지역의 백운산 봉래굴에서 따왔다는 주장도 있으나, 양사언이 금강산에 관한 시를 많이 지은 것만 봐도 그가 금강산을 얼마나 좋아했는지 미루어 짐작할 수 있다. 당시 양사언은 문장가로 이름이 높았으며, 그는 대부분의 사람들이 잘 아는 "태산이 높다 하되 하늘 아래 뫼이로다"로 시작하는 '태산가' 시조를 지은 사람이다.

그는 문장가로서뿐만 아니고 초서에 능했다고 하는데, 그의 웅혼한 초서체의 글씨와 작위성 없는 한시는 자유분방하고 천의무봉 그 자체라고 하였다. 고전번역서 "성호사설 12권"에서는 봉래 양사언의 글씨에 대하여 "표표하여 마치 하늘에 치솟고 허공을 걸어가는 기상이 있으니 그 글씨 속에 仙骨(선골)이 있음을 속일 수 없다"라고 기록하고 있다. 또한 농암집 23권에서는 "蓬萊楓嶽元化洞天(봉래풍악원화동천)" 여덟 자가 바위에 새겨져 있는데, 용이 꿈틀대는 것 같은 필치가 산세와 자웅을 겨루는 듯했다고 극찬을 하였다.

그의 글씨와 관계없이 여담이지만, 양사언 및 그의 어머니와 관련한 이야기는 KBS의 '시간여행 역사 속으로'를 비롯하여 여러 프로그램에서 방영되었다. 그런 프로를 볼 때 솔직히 알고 있던 것과 조금 다르거나 가감한 내용에서는 약간의 거부감이 들기도 한다. 하지만 그 유명한 태산가가 양사언의 어머니로 인해 만들어졌다는 것을 돋보이게 하려고 그렇게 제작되었다고 이해하려고 한다.

아들의 신분 상승을 위해 택한 그 어머니의 숭고한 희생에 대하여는 이견이 없다. 다만, 문헌 설화에 나오는 내용들이 과연 어디까지가 사실일까에 대하여는 약간의 의문이 든다. 사실 기록이란 것에 대하여 대부분의 사람들은 그 기록이 과연 진실일까에 대하여 깊이 생각하지 않고, 좀 더 미화하기에만 몰두하는 경향이 있기 때문이다. 당시 서얼 출신들에 대하여 엄격하였던 상황을 고려할 때, 남편을 따라 자결을 함으로써 첩의 자식이 정실 자식으로 될 수 있었다는 것에 대하여는 솔직히 이해하기 힘들다. 그의 일가친척들은 물론 이웃들도 양사언이 본처 자식이 아니라는 것을 다 알 것이고, 남이 잘 되는 것을 배 아파하는 사람이 그 시대에도 존재했을 것으로 짐작되는바, 어머니가 죽음으로써 출신이 바뀐다는 것은 약간 어설프게 느껴진다.

나의 생각으로는 양사언 아버지의 첫째 부인이 일찍 죽었기에 양사언의 어머니가 전처의 자식(양사준)도 친자식 이상으로 사랑하면서 자신이 낳은 두 아들과 함께 훌륭한 문장가로 키웠기에 그의 어머니를 무조건 첩이라고만 하는 것도 좀 무리가 있다. 만약 왕보다 왕후가 일찍 죽어 왕이 후궁을 새 왕후로 맞이하면 그 왕후는 정실일까, 계속 첩일까? 물론 양사언의 어머니가 양반 출신인지, 아닌지는 잘 모르지만, 그런 것도 또 어떻게 작용했는지 모른다.

분명한 것은 한석봉 어머니 못지않게 그의 어머니는 훌륭한 어머니의 표상이다. 이런 어머니의 덕택으로 양사언은 과거에 급제하여 여러 고을의 군수를 할 수 있었음은 물론이고, 당시에도 대단한 문장가로 이름이 높았고, 조선 4대 명필로 우뚝 섰다고 본다.

(3) 한석봉

한석봉은 양사언보다 26년 후인 1543년에 태어나 1605년에 사망하였다. 양사언과는 약 40여 년을 같은 시대에 살은 셈이다. 그는 본명인 한호보다 한석봉으로 더 알려져 있으며, 해서, 행서, 초서 등 여러 서체에 능한 최고의 명필가로 조선에서의 평가보다는 오히려 중국에서 크게 이름을 떨쳤다. 요즘 말로 하면 중국에 한류 열풍을 일으켰다. 황해도 석봉산 아래에서 살았기 때문에 호를 石峰(석봉)이라고 지었다고 한다.

그는 많은 사람들이 알다시피 엄청난 노력가였다. 글씨 연습을 너무 많이 해서 박연폭포가 먹색이 되었다는 일화가 있을 정도이다. 하지만 노력만으로 그렇게 높은 경지에 이를 수 있다고 생각하지는 않는다. 그는 분명 탁월한 재능도 가졌음에 틀림없다.

한석봉은 진사과에 합격하였지만, 과거에 급제한 것은 아니었다. 글씨가워낙 훌륭하여 승정원 사자관에 임명되어 당시 국가 주요 문서를 작성하는 일을 도맡았다. 무엇보다 당시 국왕을 잘 만난 것도 그의 큰 운이라고할 수 있다. 명필이 명필을 알아본다고 조선 국왕 중에서는 최고의 명필로알려진 선조의 사랑을 듬뿍 받았다는 것을 많은 기록에서 볼 수 있다.

중국에서 한석봉의 글씨는 매우 유명하였기에 조선에 온 명나라 사신이나 장수는 한석봉의 글씨를 구하려고 온갖 노력을 다했다는 기록도 있다. 그 외 당시 명나라 최고 문학가였던 왕세정 같은 인물은 한호의 글씨를 보고 "목마른 말이 냇가로 달려가고, 성난 사자가 돌을 내려치는 형세"라고 평하였다는 기록이 있는 등 여러 기록이 있다. 한석봉은 서예의 본고장인 중국에서 왕희지(진나라 서예가), 안진경(당나라 서예가) 등 서성(書聖)으로 불리는 대서예가들과 동급으로 대접받았다. 명나라 서화가 주지번은 "그의 글씨는 왕희지, 안진경과 우열을 다툰다"라고 높게 평가하였다.

한편 조선 사대부 중에서는 그를 글씨나 좀 쓰는 기능인이라고 헐뜯는 이가 많았다. 당대는 말할 것도 없고, 후대에서도 폄하하는 이들이 많았다. 그의 글씨는 예술성이 떨어지고, 개성이 없는 글씨라고 하면서 살아 있을 때 명필로 크게 인정을 받은 것에 불과하다는 식이다. 심지어 불을 끄고 쓰는 글씨와 어머니의 떡썰기 일화가 너무 유명하여 과대평가된 측면이 있다고 하면서 절하시키는 이도 있다.

하지만 그가 살았던 시절부터 지금까지 그의 글씨를 보고 엄지를 올리지 않는 이는 거의 없다. 그는 분명 대단한 명필이다. 그가 써서 전해져 오고 있는 수많은 글씨들이 증명하고 있다. 그의 글씨는 현재까지도 각종 국가문서에 표준서체로 삼을 정도로 학교에서 채택하고 있는 글씨체이다. 그래서 오히려 평범하게 보이는 탓도 있을 것이라고 본다. 그래서 누가 한 말인지 "한석봉의 글씨는 표준을 따라 하지 않는다. 그가 쓰는 글씨가 곧 표준이다."라는 말이 와닿는다. 그는 평범한 서체를 쓴 것이 아니다. 평범함으로 남을 서체를 만든 서예가이다.

(4) 김정희

　추사(秋史) 김정희(金正喜)는 1786년 충청도 예산에서 태어나 1856년 경기도 과천에서 일생을 마감하였다. 이조판서 김노경의 맏아들로 태어났으며, 아들이 없던 큰아버지 김노영에게 입적되었다. 영조의 계비 정순왕후의 11촌 조카이자 영조가 애정을 쏟은 화순옹주와 김한신의 증손자로, 그가 문과에 급제했을 때 조정에서 축하를 보낼 정도로 집안의 권세가 대단하였다. 요즘 말로 하면 그는 금수저 출신이다. 양사언이나 한석봉과는 출신부터 다르다. 본관은 경주이며, 자는 원춘(元春), 호는 추사(秋史), 완당(阮堂), 예당(禮堂), 시암(詩庵), 노과(老果) 등이다.

　그를 묘사하는 언어는 너무 많다. 서예가, 화가, 문신, 문인, 금석학자 등등으로 조선시대 문화예술과 학문에 있어서 최고의 아이콘이다. 그를 조선 최고의 엘리트, 조선 최고의 천재라고도 한다. 한편 그는 병조참판이나 성균관 대사성 등의 벼슬도 지냈지만, 제주도에서 9년, 함경도에서 2년의 유배생활도 하는 등 파란만장한 삶을 살았다.

　그는 대단한 노력파였다. 명필이라고 불리는 사람들은 누구나 타고난 재능뿐만 아니고 엄청난 노력은 필수라고 본다. 한석봉도 엄청난 노력을 했다는 기록이 있지만, 김정희가 얼마나 노력을 했는가를 단적으로 말해주는 글이 있다. 추사가 친구 권돈인(조선 후기 좌의정, 영의정 등을 역임한 서화가, 문신)에게 보낸 편지에 "나는 평생 10개의 벼루를 밑창 내고, 천 자루의 붓을 몽당붓으로 만들었다."라는 구절이다. 글씨를 얼마나 썼으면 벼루 10개가 구멍이 나고, 붓 1,000자루가 몽당붓이 된단 말인가. 그 정도의 연마 없이 묵향을 즐겼다는 말을 하지 말라는 뜻일 것이다.

"추사를 모르는 사람도 없지만, 아는 사람도 없다."는 말이 있다. 세상에 추사 김정희를 모르는 사람이 있을까? 자기만의 독특한 글씨체를 만들고, "세한도"라는 그림을 그리고, 조선시대에 이름을 떨친 학자 김정희를 모르는 사람은 아마 없을 것이다. 그런데 김정희에 대해 아는 것은 딱 여기까지일 것이다. 그 이상 김정희에 대해 아는 사람은 별로 없다. 그가 무엇을 연구했고, 왜 칭송을 받는 것일까?

우선 다 아는 대로 역대의 명필을 연구하고, 그 장점들을 모아 독특한 추사체(秋史體)를 만들었다. 그림에 있어서는 죽란(竹蘭)과 산수(山水)를 잘 그렸는데, 사실(寫實)보다 품격(品格)을 위주로 하여 선미(禪味)가 풍기는 남종화(南宗畵)의 정신을 고취하였다.

또한 금석학(金石學)에도 조예가 있어, 1816년 무학대사의 비석으로 알려져 있던 북한산의 비봉이 신라 진흥왕 순수비임을 고증했다. 그의 고증과 해석으로 함경도 함흥 함초령의 진흥왕 순수비도 찾을 수 있는 등 고증학, 금석학의 대가로서 역사 연구에 큰 획을 그었다. 역사적인 저술을 비롯하여 실학정신을 예술로 승화시킨 대가이면서 역사적인 저술 등으로 그는 사실 당대보다도 후대에 더 큰 인정을 받았다.

추사 김정희가 40대에 쓴 글씨로 "운외몽중첩(雲外夢中帖)"은 최고 명작이라고 한다. "운외몽중" 네 글자는 예서체의 골격에 해서체의 방정함이 곁들여져 글자 자체의 울림과 무게가 동시에 느껴진다. 한편 힘차고 유려한 행서로 써 내려간 작은 글씨들을 보면 추사는 이 무렵부터 획의 굵기에서 아주 능숙한 변화를 보이고 있음을 알 수 있다. 50대에 들어서면 이런 글씨가 더욱 발전하여 글자의 기본 틀에 구양순체가 더해져 이른바 추사체로 발전하게 되었다.

그 유명한 추사체에 대하여는 이러저러한 평가들이 있다. 추사체는 정치적 풍랑과 오랜 유배 생활의 심회가 더해져 완성된 것이라는 의견이 일반적이다. 그런데 보는 이에 따라 좀 다르게 평가하기도 한다. 필획의 굵기 차이가 심하고, 각이 지고 서툴러 보이며, 비틀린 듯한 형태로 유려함과는 거리가 멀기 때문일 것이다. 하지만, 파격적인 형태로 강인하고 힘차면서, 맑고 고아하며, 정해진 법식에 구애되지 않은 독창적인 필법이라는 것에 대하여 이의를 제기하는 사람은 없다.

추사는 맞닥뜨린 시련이 깊어지면 깊어질수록 학문과 예술에 대한 열정은 더욱더 불타올랐을 것이다. 좋은 집안에서 태어나 걱정 없이 학문에 매진하였고, 벼슬을 하였지만, 당쟁에 휘말려 모진 고문을 당한 뒤 두 차례나 귀양살이를 떠나게 되었던 것이 오히려 학문적 열정을 더 깊게 했는지도 모른다. 몸과 마음은 힘들었겠지만, 학문은 경학과 고증학을 넘어 불교학까지 뻗어갔고, 무엇보다 자신만의 서체인 추사체를 이룩하게 되었다. 추사체는 현대적 감각으로도 대단히 세련되고 디자인적인 요소가 충만한 서체라고 평가받고 있다.

116

추사가 서예를 비롯한 여러 분야에서 후대에 영향을 끼친 점이 너무 많아 그에 대한 이야기가 다른 사람들에 비해 자꾸만 길어지고 있기에 이쯤해서 마무리하고자 한다.

4. 조선 이전의 최고 명필

지금까지 언급한 조선의 명필 중 누가 최고냐고 묻는 것은 매우 어리석은 질문으로 대답할 필요는 없다고 본다. 하지만, 처음에 언급했듯이 이 글은 어차피 나의 주관이 섞인 글이기에 결론을 내리기는 할 것이다. 다만, 결론을 내리기 전에 조선의 서예가들에게 영향을 주었던 조선시대 훨씬 이전의 서예가 2명을 잠깐 언급하지 않을 수 없다. 그들이 조선의 명필들에게 끼친 영향이 매우 크기 때문이다.

(1) 김생

예를 들어 단군 할아버지가 나라를 세운 이후 누가 가장 영웅이었느냐를 말하거나, 조선 이후 누가 최고의 석학이었느냐 혹은 대한민국 건국 이후 가장 존경을 받는 사람이 누구인지 등을 말할 때 언제부터라는 시점이 대두된다. 이와 비슷하게 서예가로 명필의 시점을 말하려면 통일 신라시대 김생부터라고 말하지 않을 수 없다.

김생은 711년(성덕왕 10년)에 태어나 791년(원성왕 7년)에 사망(백과사전엔 사망 연도가 미상)하였다고 하는데, 만 80년을 살았으니 당시 기준으로 볼 때 엄청나게 장수한 셈이다. 김생은 해동 書聖(서성)으로 불렸다. 서성이라고 불리는 것은 아마 서예가로서 최고의 찬사일 것이다. 대부분의 서예가들은 서성이라고 하면 우선 王羲之(왕희지)를 떠올린다.

여하튼 김생이 얼마나 글씨를 잘 썼느냐에 대하여는 '삼국사기'에 기록되어 있다. "삼국사기'권 48 열전 제8 김생 조에 의하면, "김생은 부모가 한미(寒微: 사람의 형편이 구차하고 신분이 변변하지 못함)하여 가계를 알 수 없다. 어려서부터 글씨를 잘 썼는데 나이 팔십이 넘도록 글씨에 몰두하여 예서·행서·초서가 모두 입신(入神)의 경지였다. 숙종 때 송나라에 사신으로 간 홍관(洪灌)이 한림대조(翰林待詔) 양구(楊球)와 이혁(李革)에게 김생의 행서와 초서 한 폭을 내보이자 왕희지(王羲之)의 글씨라고 하며 놀라워하였다."고 한다. 즉, 그의 글씨를 왕희지(王羲之)의 글씨라고 할 정도로 왕희지에 비길 만한 천하의 명필이었다는 것이다. 참고로 왕희지는 현재까지도 최고의 서성으로 불리며, 김생보다 약 400여 년 전에 태어난 인물이다.

김생의 글씨로 전해지는 작품들이 모두 사찰 또는 불교와 관련된 점으로 보아 '호불불취(好佛不娶: 부처를 좋아해 장가를 들지 않음)'하였다는 그의 생을 짐작할 뿐이다. 그는 특히 고려시대 문인들에 의하여 해동제일(海東第一)의 서예가로 평가받아 이규보(李奎報)의『동국이상국집(東國李相國集)』에서는 그를 신품제일(神品第一)로 평가하였다.

조선시대에는 이미 그의 진적(眞蹟: 실제의 유적)이 귀해져 이광사(李匡師)의 "원교서결(圓嶠書訣)"에서 그의 진적은 전혀 남아 있지 않다고 할 정도였다. 김생의 진면목을 살필 수 있는 필적으로 현재 경복궁에 있는 「태자사낭공대사백월서운탑비(太子寺朗空大師白月栖雲塔碑)」가 있다. 이 비의 비문 글씨는 고려 광종 5년(954)에 승려 단목(端目)이 김생의 행서를 집자(集字)한 것으로, 통일신라와 고려시대에 유행한 왕희지, 구양순류의 단정하고 미려한 글씨와 달리 활동적인 운필(運筆: 붓 놀림)로 서가(書家)의 개성을 잘 표출시키고 있다. 이상 김생과 관련하여 백과사전을 참고하였다.

(2) 왕희지

왕희지(321~379년 또는 303~361년)의 자는 일소(逸少)이다. 오랫동안 회계 산음현에서 살았으며, 관직이 우군장군(右軍將軍) 및 회계(會稽) 내사(內史)에 이르러 사람들이 '왕우군(王右軍)'이라고 불렀다고 한다. 왕희지는 사실 동진의 고귀한 사족 가문에서 태어났기 때문에 벼슬하려는 마음만 있었다면 아주 높은 벼슬을 할 수도 있었다. 그러나 왕희지는 벼슬이 싫었다. 그는 자유로운 생활이 좋았다. 나중에 절친한 사이인 양주 자사 은호(殷浩)가 하도 권하는 바람에 회계 내사라는 벼슬을 했지만, 그것도 회계라는 곳의 아름다운 산천을 구경하기 위해서이지 벼슬이 좋아서는 아니었다고 한다. 그는 평생 병약한 탓도 있지만, 자기만의 세계에서 놀기를 좋아했다. 지천명의 나이에 일찌감치 벼슬을 버리고 시골로 내려가 서예와 시, 그리고 낚시를 즐기며 살았다고 한다.

서예에 발을 디딘 것과 관계없이 아마 王羲之(왕희지)를 모르는 사람은 없을 것이다. 유명한 서예가로 누구나 이름을 들어본 적이 있을 조맹부, 구양순, 안진경 등등 여러 사람이 있지만, 왕희지만큼 회자된 사람은 없을 것이다. 우스갯소리로 "서예대전에서 큰 상을 받기 위해서는 심사위원이건 누구건 어떤 연줄이 없으면 '왕희지'가 써도 안 된다"는 말이 있다. 물론 이 말은 정당한 심사가 아니라는 말을 비꼬는 말이지만, 그만큼 왕희지의 이름이 높다는 말이기도 하다.

따라서 조선 최고의 명필을 쓰면서도 그에 관한 이야기를 언급하지 않을 수 없다. 왜냐하면 그는 중국 서법사에서 가장 위대한 서예가로 서예에 발을 담근 사람 중 누구라도 그의 영향을 받지 않았다고 할 수 있는 사람은 없기 때문이다. 그는 서예의 聖者, 書聖으로 불린다.

한, 중, 일에서는 시대마다 '명필'이라 불리는 많은 사람들이 있었고, "이 사람은 어느 시대의 왕희지다"라는 말이 나올 정도로 그 이름이 높다. 즉, 그 어떤 명필이라도 왕희지를 앞선다고 할 수 있는 사람은 없다. 그는 생존해 있을 때부터 이미 명필로 명성을 날렸고, 후대 남조(南朝)의 제왕들은 '신필(神筆)'로 그를 칭송했다. 그리고 마침내 '글씨의 성인(聖人)'으로 추앙됨으로써 왕희지는 "서예의 神(신)"이 되었다.

왕희지는 어려서부터 서예를 즐겼고, 일곱 살 때부터 붓글씨를 익히기 시작했다고 한다. 전하는 말에 의하면 그는 길을 걸어갈 때나 앉아서 쉴 때나 손가락으로 붓글씨를 쓰는 연습을 했다. 글자체의 구조와 필법을 속으로 곰곰이 생각하면서 손가락으로 옷에다가 한 획 한 획 그려 보곤 했는데 나중에는 옷이 닳아서 구멍이 났다고 한다. 그리고 매번 붓글씨 연습을 끝낸 후에 붓과 벼루를 집 앞에 있는 못에서 씻곤 했는데 나중에는 그 못물이 다 검어졌다고 한다. 이 외에도 왕희지가 얼마나 글씨 쓰는 노력을 했는지에 대하여는 너무 많은 일화가 있어 일일이 소개하기 벅찰 정도이다.

왕희지는 사안(謝安), 손작(孫綽) 등의 이름난 문인 40여 명과 함께 회계산음현(절강 소흥현)의 난정에서 연회를 한 적이 있었다. 그때 난정에서 읊은 시 40여 수를 문인들이 엮어 『난정집(蘭亭集)』을 만들었다. 왕희지도 주흥에 겨워 이 시집에 일필휘지로 서문을 썼는데, 그 서문이 바로「난정집서(蘭亭集序)」이다. 이 서문은 모두 28행 324자인데, 지금까지 중국 서예의 최고 진품으로 인정받고 있다.

모든 서예인의 스승이라고 할 수 있는 그에 대한 이야기는 너무 많지만, 이만 줄이고자 한다.

물론 왕희지가 서성(書聖)으로 불린다고 해서 정말로 왕희지가 고금의 모든 서예가 중 최고라는 말은 아니다. 사실 예술은 어느 정도 수준을 넘어가면 서열을 매기는 것이 무의미하기 때문이다. 그러면서 아이러니하게 나는 지금 조선 최고의 명필이라는 글을 쓰고 있다.

이상 조선의 명필들에게 큰 영향을 주었다고 여겨지는 김생과 왕희지에 대한 글을 마무리하고, 맺음말로 들어가고자 한다.

5. 맺음말(신과 인간)

위에 언급한 조선시대 4명의 명필(안평대군, 양사언, 한석봉, 김정희) 중 누가 최고의 명필이냐를 선택하는 것은 우문이기도 하지만, 솔직히 너무 어렵다. 70~80년대 가수 중 조용필, 남진, 나훈아 중 누가 최고의 가수냐를 묻는 것보다 더 어렵다. 그리고 어쩌면 어느 답변이라도 아무 의미가 없을지 모른다. 하지만, 대중들에게 많이 회자된 이름으로 말한다면 위 4명 중에서 한석봉과 김정희를 꼽지 않을 수 없다. 누구보다도 그들의 글씨체를 높게 평가하기 때문이다.

대부분의 서예가들이 알다시피 한석봉의 글씨체는 '석봉체'라고 하는데, 세련되고 부드러워서 알아보기 쉽다. 반면에 김정희의 글씨체는 '추사체'라고 하는데, 삐죽빼죽하고 각이 져 있다. 특히 김정희가 쓴 '추사체'에는 남다른 예술적인 멋이 있다. 김정희는 그냥 글씨만 잘 쓴 사람이 아니라, 글씨를 예술로 승화시킨 예술가다. 그런 탓인지 많은 이들이 추사 김정희를 조선 시대 최고의 명필로 꼽고 있음을 부인할 수 없다.

솔직히 서예뿐만 아니고, 살아온 삶이나 기타 다른 방면까지 종합하여 고려해 볼 때 추사를 높게 평가할 수밖에 없다. 그리고 나 자신도 닮고 싶은 사람을 꼽으라면 추사를 맨 먼저 꼽을 것이다. 그는 분명 글씨뿐만 아니고, 그림이나 글, 금석학 등 다방면으로 뛰어나다. 그는 천재이고, 그의 글씨 또한 神品(신품)이다.

하지만 모든 학문도 그렇고, 건물도 그렇듯이 기초가 가장 중요하다. 그런 의미에서 순전히 서예 하나만을 놓고 후대에 미친 영향을 고려한다면 한석봉을 먼저 꼽지 않을 수 없다.

그러면 누구는 이렇게 말할지도 모른다. 신의 경지라고 할 수 있는 추사의 신품이 인간 작품으로 뛰어나다고 할 수 있는 한석봉의 법품보다 못하다는 말인가라고 말이다. 분명 신의 경지는 인간의 경지와 차원이 다르다는 것을 부인하지 않는다. 따라서 추사 선생을 크게 존경하고 닮고 싶은 것은 분명하지만, 반듯한 글씨로 기초를 만든 한석봉을 조선 최고의 명필이라고 말하고 싶다.

한석봉은 어머니와의 떡 썰기 일화가 너무 유명한 탓으로 과대평가된 면이 있다고 어떤 이들은 말한다. 하지만, 단순히 그것만으로 그의 인지도가 높다고 말하는 것은 그의 글씨에 대한 무례라고 본다. 물론 사람에 따라 평가 기준이 다르다는 것은 부인하지 않겠다.

결론적으로 다시 한번 개인 의견을 말하면, 내가 닮고 싶은 사람은 추사이지만, 조선 최고의 명필은 한석봉이다. 지금까지 언급한 조선 4대 명필의 출신이나 그 후의 직분을 보면 왕과 직간접으로 관련되지 않은 사람은 없다. 물론 한석봉도 글씨가 훌륭하여 선조의 사랑을 받았지만, 다른 이들과 비교할 때 그는 분명 흙수저 출신이다. 그런 탓인지 후대의 평가에서 다른 이들에 비해 불리한 면도 있었을 것으로 본다. 한석봉도 과거에 급제하여 큰 벼슬도 하고, 시도 잘 짓고, 그림도 잘 그리고 했다면 아마 당시 사대부나 후대에서 더 높은 평가를 받았으리라고 본다.

서예는 분명 기능이 아니다. 서예는 예술이다. 서예가에 대한 평가는 글씨 쓰는 실력과 더불어 그 사람의 학문이나 인품, 다른 사람에게 미친 영향력 등에 의해 평가된다. 그런 면에서 추사를 더 높게 보기도 하지만, 한석봉도 온전한 자신의 글씨를 쓰고자 하는 예술적 갈망이 대단했을 것이라고 본다. 여러 기록들이 잘 말해 주고 있다.

표준이 되는 반듯한 그의 글씨가 있기에 오늘날 많은 이들이 그의 글씨를 교과서로 삼고 있는 것이다. 당연히 지금까지도 많은 사람들이 널리 보급된 그의 千字文(천자문)을 보면서 공부를 한다. 그런 탓으로 심지어 어떤 이는 천자문을 한석봉이 지은 것으로 알 정도이다.

한석봉의 글씨는 너무 평범하여 따라 쓰기 싫다는 사람도 있다. 하지만 천자문을 비롯하여 그가 후대에 미친 영향력은 어떤 사람보다도 크다고 하지 않을 수 없다. 한석봉의 글씨체로 국가 문서의 표준 서체가 확립되었으며, 현재까지 쓰고 있는 컴퓨터나 교과서에서 쓰이는 서체의 모델이 되었다. 그는 분명 평범한 서체를 쓴 것이 아니다. 평범함으로 남을 서체를 만든 서예가이다.

이상 조선 최고의 명필에 대한 글을 마칩니다.

서예 횡설수설

1. 서예라는 용어

書藝(서예)에 入門(입문)한 지 어느덧 8년 이상이 흘렀다. 어린 시절에 붓글씨는 아니지만, 연필이나 펜으로 글씨를 잘 쓴다는 소리를 듣고 자란 것이 이순의 나이를 넘어 늦게라도 서예에 입문하는 계기가 되었다. 어려서부터 천자문을 배웠고 옥편 찾는 법을 익힌 탓인지, 학교 다닐 때 漢文(한문)시간에 선생님으로부터 칭찬은 물론이고, 나에게 가르침을 받으려는 학생들도 있었으며, 漢字(한자)를 잘 쓴다는 소리를 많이 들었다. 무엇보다 나 자신 漢文(한문)을 보통의 일반인들에 비해 많이 알고 있다는 생각으로 '漢文書藝(한문서예)'를 하게 된 것이다.

우리는 보통 붓으로 쓰는 글씨를 書藝(서예)라고 한다. 그런데 이를 중국에서는 書法(서법)이라고 하고, 일본에서는 書道(서도)라고 한다. 그냥 약간은 품위 없이 붓글씨라고 하는 것에 비해서는 그래도 좀 있어 보이는 이 말들에는 무슨 차이가 있을까. 결론부터 말하면 아무 차이가 없다. 엉덩이를 궁둥이라고 하거나 방뎅이라고 하는 정도의 차이다. 서양에서 히프라고 하는 것과 같다.

그러면 왜 동양 3국에서는 이렇게 다르게 부르는 것일까? 이에 대하여는 이러저러한 말들이 있지만, 일반적으로 각국의 문화적 특징을 반영한 것이라고 해석한다. 일상적으로 한문을 사용하는 중국에서는 서체에 대한 법칙이 오래전부터 정립되어 있었다. 법칙이라 함은 모든 현상의 원인과 결과, 또는 사물과 사물 사이에 내재하는 보편적이며 필연적인 규칙을 말하는 것으로 글씨에도 이런 법칙을 적용한 것이다. 법이라고 하면 왠지 딱딱한 느낌이 있지만 지키지 않으면 안 될 것 같은 모범이 보인다고 할 수 있다.

일본은 그들이 사용하는 상용한자에서 보듯이 본래 漢字(한자)와는 조금 다르게 간결화시켰다. 그리고 대개 글자는 한자와 가나를 섞어 쓴다. 모든 것을 압축시키고 간결하게 하는 그 나라의 문화가 반영된 것이고, 불교 문화의 영향과 더불어 '검도'나 '다도'처럼 품격을 높이려는 의도인지는 몰라도 그들은 道(도)라는 글자 붙이기를 좋아하는 것도 한 이유이다.

우리나라도 일제강점기 일본문화의 영향으로 書道(서도)라는 용어를 사용했는데, 해방 후 書藝(서예)라는 용어를 사용하게 되었다. 한국 서예계의 거목인 소전 손재형(1902~1981) 선생이 한국문화의 정체성을 확립하고 식민사관을 극복하자는 차원에서 서예라는 용어를 사용하자고 제안했다고 한다.

사실 용어를 무엇이라고 하건 서예와 관련 없는 대중들은 상관도 하지 않을뿐더러 크게 관심도 없다. 하지만 한, 중, 일이 부르는 이 용어들을 구분한다면, 팔이 안으로 굽는 탓인지, 그래도 서예라는 용어가 예술로 승화시킨다는 차원에서 조금 더 깊이가 있는 말이 아닌가 하는 생각이 든다. 그렇다고 法이나 道가 藝보다 아래라는 것은 아니다.

붓글씨를 예술로 승화시키기 위해서는 우선 기본부터 충실해야 한다. 무엇보다 우선 기본적으로 중하게 여기는 運筆(운필)부터 익히기 시작한다. 차를 운전하는 것처럼 붓을 갖고 운전하는 것이다. 운필은 글씨를 쓰는 법을 바탕으로 한다. 예를 들어 글씨마다 "역입, 중봉, 삼절" 같은 기본 운전법이 있다. 그리고 정신이 깃들어야 한다. 法이라는 기초 위에 道라는 정신을 가지고 예술로 승화시켜야 한다고 본다. 따라서 서법이나 서도라고 부르는 것을 경시할 마음은 추호도 없다. 즉, 서예라는 용어로 통일하자고 주장하고 싶지도 않다.

여하튼 법, 도, 예라는 어느 용어를 사용해도 그 속에 있는 깊은 의미를 새기며 붓을 든다면, 단순히 붓으로 글씨를 쓰는 것이 아니고, 좀 더 자세를 가다듬고 서예를 하게 될 것이라고 본다.

서예를 하는 사람들은 대개 아는 말이지만, "書心畵也(서심화야) 書如其人(서여기인)"이라는 말이 있다. 즉, "글씨는 그 사람의 마음을 그린 것이고, 글씨는 곧 그 사람이다"는 말이다.

나도 이러저러한 사람들로부터 서예를 배웠지만, 사람들은 저마다 각각 다른 글씨체를 가지고 있다. 어느 선생님한테 배웠느냐에 따라 비슷한 체를 구사하기도 하지만, 사람마다 모두 약간의 차이가 있다. 여하튼 글씨는 곧 그 사람의 성격과 인품이며, 얼굴이라는 생각으로 붓을 잡는다.

2. 서예의 본질

(1) 동양의 보석

중국의 노신 선생이 말하길 "서예는 동양의 보석이다." "그것은 시는 아니지만 시의 운치가 있고, 그림은 아니지만 그림의 아름다움이 있고, 춤은 아니지만 춤의 리듬이 있고, 노래는 아니지만 노래의 멜로디가 있다."라고 하였다. 이 말속에 서예의 본질이 모두 들어가 있다고 본다. 서예에는 시의 운치, 그림의 아름다움, 춤의 리듬, 노래의 멜로디가 있다는 것이다. 詩(시)에 노래가 있고 그림이 있는 것처럼, 서예도 비슷하다. 書藝(서예) 속엔 詩(시), 畵(화), 舞(무), 歌(가)가 있다. 이런 이유인지는 모르겠지만, 서예라고 하면 일단 긍정적인 생각이 들며, 서예가도 시인처럼 좋은 이미지가 떠오른다. 좀 더 확대해서 말한다면 서예에 무관심한 사람은 있어도 서예를 사랑하지 않는 사람은 없다고 본다.

(2) 서예와 붓글씨

대개 서예라고 하면 붓글씨를 말하는 것으로 알고 있다. 일반인의 입장에서 무슨 차이가 있냐고 할 수 있다. 하지만 서예에 가치를 부여하는 이들은 분명하게 이를 구분한다. 書藝(서예)는 단순하게 붓으로 글씨를 쓰는 것이 아니고 글자의 미학을 추구한다는 점에서 다르다고 할 수 있다. 서예를 하면 정서적으로 좋고, 치매 예방에도 좋다는 등의 일반론에 머무르게 되면 서예의 참맛을 볼 수 없다. 사실 글씨는 자신의 마음을 표현한 것이라고 말하기도 하고, 더 나아가 그 사람 자신이라고 말하기도 한다. 이런 면에서 단순하게 붓으로 글씨를 쓰는 것과는 다르다.

내가 그동안 여러 선생님으로부터 들은 것이나 인터넷 등을 통하여 배운 단계로 3가지를 말하면 이렇다. 기초적인 줄긋기, 점찍기, 삐침, 파임 등을 연습한 이후에는 글씨를 쓰는 첫 단계로 寫書(사서)부터 시작한다. 즉, 남의 글씨를 흉내 내는 것이다. 이러저러한 비문이나 유명 서예가들이 남긴 글씨 혹은 가르치는 선생님으로부터 받은 체본을 그대로 베끼며 연습한다. 서예를 한다고 하는 사람들의 대부분은 대개 이 수준에서 우열을 가린다. 사서 단계가 지나면 臨書(임서)로 넘어간다. 임서는 서법을 자기 것으로 소화하는 단계로 글자의 특성을 집어내서 쓰는 단계이다. 마지막 단계는 사람마다 용어가 조금 다를 수 있지만, 意臨(의임)이라고 한다. 이는 모방하는 수준을 넘어서 자신의 개성 혹은 멋이나 맛을 글자에 담는 것이다. 글자를 갖고 노는 경지라고 할 수 있다. 어떤 글씨는 호랑이가 웅크린 듯하고, 어떤 글씨는 용이 비상하는 듯하고, 어떤 글씨는 새 생명이 태어나는 듯한 모습을 보이면서 보는 이가 감동을 받게 한다. 이런 것에서 붓글씨와 서예는 구분된다고 할 수 있다.

(3) 詩書畵(시서화)

書藝(서예)는 흔히들 묶음으로 말하는 詩書畵(시서화)의 가운데에 자리한다. 그런 탓으로 서예는 시이면서 그림이고, 그림이면서 시라고 하며, 시와 그림이라는 두 영역을 이어 주는 매개로 작용한다고 말하기도 한다. 어쩌면 시서화는 서로 깊은 관계 혹은 서로 그 자체라고 말할 수 있기 때문에 광의적 개념에서는 혈연이라고 할 수 있다. 분명한 것은 시에 노래나 그림이 있어야 하듯이 서예엔 시나 그림이 있어야 한다.

그러면 서예라는 것이 시나 그림과 다른 점은 무엇일까? 무엇보다 표현 도구가 다르다. 시나 그림, 음악은 수많은 언어, 수많은 색, 수많은 음률로 표현을 하지만, 서예는 먹물로 표현할 뿐이다. 오직 먹의 濃淡(농담)이 있을 뿐이다. 물론 大小(대소), 長短(장단), 圓方(원방), 强弱(강약) 등이 있고, 먹의 潤渴(윤갈)이 있지만 모두 먹물을 사용한 붓 놀림이 있을 뿐이다. 그런 의미에서 서예는 한없이 단순하다. 그 단순함 속에서 수많은 언어나 색 혹은 곡을 표현한다. 오직 붓을 사용한 먹물로 어떻게 혼을 투영시키느냐에 따라 작품은 살아 있는 것이 되기도 하고 죽은 것이 되기도 한다.

(4) 본질 관련 일화

서예의 본질과 관련하여 "松都三絶(송도삼절)"의 한 축인 화담 서경덕과 관련된 일화 하나를 사실 여부와 관계없이 올리면서 마무리하고자 한다.

어느 날 아침, 화담은 새 소리에 잠이 깼다. 그는 이불을 박차고 일어나 급히 먹을 갈고 鳥鳴(조명)이라는 글씨를 단숨에 썼다. 새소리가 하도 맑아서 저절로 글씨가 써졌던 것이다. 그런데 붓을 놓고 보니 글씨가 어쩐지 힘이 없어 보였다.

다음 날, 중국에서 온 사신이 그를 만나러 왔다. 사신은 그 글씨를 보고 깊이 감탄하며 작품을 탐냈다. 의아한 서화담은 그가 잠깐 밖에 나간 사이 삐침이 부실한 부분을 찾아내 보강했다. 사신이 밖에 나간 틈을 타 고쳐 놓은 것이다. 그런데 밖에 나갔다 돌아온 사신은 글씨가 고쳐진 것을 발견하고 탄식했다.

"애초 당신의 글씨엔 아침에 갓 깨어나 허기진 새의 울음이 잘 표현돼 있었다. 그런데 어찌 힘이 들어가게 다시 고쳤단 말이오."

그제야 화담은 새의 속마음을 읽어 내지 못하고 드러나 보이는 현상만으로 글씨를 쓴 것을 참으로 부끄럽게 여겼다 한다. 서예의 본질을 잘 설명하는 일화라고 할 수 있다. 상대방의 마음을 읽어 내고, 대상의 본질을 이해한다는 것은 서예의 기본이라고 할 수 있다.

3. 서체 이야기

서예에 있어서 문자는 대상이며, 서체는 수단이라고 할 수 있다. 서예에 발을 담그고 있거나, 담가보았던 사람은 누구나 알고 있는 것이지만, 한문

서예의 서체로는 크게 5가지가 있다. 즉, 五體(오체)라는 것으로 만들어진 순서대로 나열을 하면 전서(篆書), 예서(隷書), 해서(楷書), 행서(行書), 초서(草書)이다.

이에 대하여 만들어진 역사적 배경을 비롯하여 학자들의 주장을 일일이 옮긴다면 지루해질 뿐만 아니라 쉽게 다가오지 않기 때문에 간단하게 언급하고자 한다. 이하 서체에 대하여 인터넷, 백과사전 등을 참조하였다.

(1) 篆書(전서)

먼저 전서는 한자의 고대문자, 즉 갑골문자를 토대로 한 글자로 대전(大篆)과 소전(小篆)을 아울러 칭한다. 대전은 주나라 선왕(기원전 827~782 재위) 때 만들어졌으며, 소전은 진나라 때 대전을 간략하게 정비하여 만든 글자이다. 오늘날 전서(篆書)라고 할 때는 대개 소전(小篆)을 말하며, 좌우가 대칭이 되는 방정(方正)하고 길쭉한 모양이 특징이다. 자획도 많고 복잡하다.

각종 서예대전에 걸려 있는 전서의 작품들은 모두 예술성이 있는 것처럼 보인다. 하지만 대부분의 일반인들은 도대체 무슨 글자인지 알기 힘들다. 솔직히 나도 잘 모르는 글자가 많기 때문에 그냥 지나치는 경우가 많다. 아마 대부분의 사람들이 공감할 것으로 보는데, 획수도 너무 많고, 굵기도 단조로워 어떤 작품이 잘 쓴 글씨인지도 판단하기 힘들다. 하지만 예술성 등으로 일부 서예인들로부터 꾸준히 사랑을 받고 있다.

(2) 隷書(예서)

예서는 전서에 이어서 이루어진 서체이다. 예서가 발생한 것은 전서보다 쓰기가 편하고 아름답기 때문이다. 즉, 전서가 너무 복잡하여 쓰기 쉽도록 변화시킨 서체로, 예서라는 말은 "전서에 예속하는 서체"라는 뜻이다. 전서의 자획을 간단하게 줄이고 붓으로 쉽게 쓸 수 있도록 반듯하게 만든 글자체로 너울거리는 물결 모양새와 가로획의 끝을 오른쪽으로 빼어 쓰는 특징이 있다. 즉, 전체적으로 납작하고 수평적이며 가로획의 한 획이 波勢(파세-횡획의 수필에서 붓을 누르면서 조금씩 내리다가 오른쪽 위로 튕기면서 붓을 떼는 방법으로 예서의 특징임)를 취하고 있는 것이 특징이다.

그 외 예서의 특징을 간략히 말하면, (a) 원필과 방필로 쓴다. (b) 한 글자에 파책이 중복되지 않는다. (c) 자형의 가로, 세로 비율이 3:2이라는 것 등이다.

(3) 楷書(해서)

해서체는 후한말에 한예(漢隷)의 파책(波磔)을 변화시키고 여기에 점(點)·탁(啄)·도(桃)·적(趯)을 더하여 만들어진 방정한 서체로, 당나라 때는 예서라고 불렀으나 현재는 해서라고 한다. 주로 공문서에 이용된 양식이며, 글자의 모서리가 깔끔하고 다양한 두께의 곧은 획이 특징이다. 즉, 예서에서 발전한 것으로 바르게 또박또박 쓰는 글씨이다. 한자의 정체(正體)로써 진서(眞書) 혹은 정서(正書)라고도 한다. 주로 공문서에 이용된 양식이며, 글자의 모서리가 깔끔하고 다양한 두께의 곧은 획이 특징이다. 해서는 현재 사용하는 표준 서체와 인쇄체의 전형으로 남아 있다.

좀 더 구분을 해 본다면 해서는 북위해(北魏楷 : 일명 魏體)와 당해(唐楷)로 분류된다. 북위해는 북조시대의 해서체로 예서에서 해서로 옮겨 가는 과도기적 서체이며, 아직 예서에서 완전히 탈피하지 못하여 방필(方筆) 위주의 방정하고 묵직한 필법을 보여준다. 이것은 북위시대의 비(碑)·석각(石刻)·마애·조상(造像) 등에 새겨진 문자에서 그 전형을 찾아볼 수 있다. 당대는 해서의 성숙기로 글자체가 정련되어 표준의 서체가 완성되었다.

참고로 나는 서예에 처음 입문할 때 북위체로 육조체라고 하는 해서체부터 배우기 시작하였다. "장맹룡비" 책으로 시작을 하였는데, 시간이 좀 걸리더라도 또박또박 쓰는 정서이기에, 서예를 시작한다면 이 글씨체로 기초를 다져야 한다고 본다. 물론 개인적인 의견이다.

서예 육조체와 관련하여 나의 拙詩(졸시)를 올린 후, 행서와 초서의 서체 이야기를 이어 가고자 한다.

서예 육조체

날카롭지 못하면 시작도 하지 마라

부드러운 곡선은 필요없다

칼같이 각을 잡는다

각이 잡히지 않으면

쳐다보려고도 하지 않으며

존재 자체를 무시한다

부러질망정 휘어지는 것은 없다

엄중하지 못하면 시작도 하지 마라

한치의 흐트러짐도 용서할 수 없다

빈틈없이 들어찬 먹물로

약한 모습은 존재하지 않는다

춘풍(春風)은 없다

추상(秋霜)만 있을 뿐이다

자신을 이렇게 단련시키며

직진으로만 사는 사람도 있다

(4) 行書(행서)

행서는 해서와 초서의 중간적인 서체로 해서를 좀 더 효율적이고 빠르게 글자를 쓰기 위해 등장했다. 해서에서 여러 가지 종류를 말한 것처럼 행서의 종류도 다양하다. 행서의 종류로는 행압서(行押書)·진행(眞行)·행해(行楷)·초행(草行)·행초(行草)·소행초(小行草)·반초행서(半草行書)·선서(扇書) 등이 있다.

행압서란 행서의 초기 명칭이며, 진행은 진서에 가깝게 하되 흘린 것으로 해행(楷行) 또는 행해라고도 한다. 행해는 해서이면서 행서에 가까운 것을 말하며, 초행은 초서에 가까운 행서로 행초라고도 한다. 소행초는 글자가 작은 행초이며, 반초행서는 초도 아니고 행도 아닌 중간적 서체이며 선서 역시 반초행서식의 서체이다. 이와 같이 행서는 해서·초서와 함께 쓰기도 하며 나아가 해·행·초 3체를 다 섞어 쓰는 등 서체 가운데 가장 다양하게 변화를 줄 수 있다.

행서는 후한초의 유덕승(劉德昇)에게서 비롯되었다고 하나 확실하지 않다. 진대(晉代)의 위항(衛恒)은 위(魏)나라의 종요(鍾繇)와 호소(胡昭)가 유덕승에게서 배워 행서를 썼다고 하는데 종요삼체(鍾繇三體) 가운데 하나가 행압서, 즉 행서이며 이것은 동진의 왕희지(王羲之)·왕헌지(王獻之) 부자에 이르러 완성되었다. 즉 역사적으로 볼 때 행서는 후한에서 삼국시대의 위나라에 이르는 동안 서체로서 인정받기 시작하여 동진의 왕희지 부자에 이르러 완성되었으며, 이후 일상생활에서 가장 많이 쓰이는 서체가 되었다.

즉, 해서는 필기 시간 면에서 비효율적이고, 초서는 해독에 어려움이 있기에, 해서와 초서의 중간 형태인 행서가 일반인들의 필기체로 널리 쓰게 된 것이다. 서예 전시회에 가 보면 많은 사람들이 작가의 붓놀림을 연상하며 행서체의 작품 앞에서 발걸음을 멈추는 경우를 볼 수 있다. 행서는 해서와 같이 섞어 쓰기도 하고, 초서와 함께 쓰기도 하는데, 그 조화와 변화를 적절히 구사하면 뛰어난 작품을 이룰 수 있기 때문이다. 그런 까닭으로 역대의 書家(서가-글씨를 잘 써 경지에 오른 사람)들 중 많은 이들이 다른 서체보다 더 사랑하였다고 본다.

(5) 草書(초서)

초서(草書)는 행서를 속사하기 위해 짜임새와 필획을 생략하여 곡선 위주로 흘려 쓰는 서체이다. 넓은 의미로는 자체(字體)를 간략하고 빠르게 쓴 초체(草體)를 가리킨다. 초체는 문자를 빠르게 서사(書寫)한 것으로 전서의 경우는 전초(篆草), 예서의 경우는 예초(隷草)라 하며 중국 장사(長沙)의 묘에서 출토된 죽간(竹簡)과 서북지방 출토의 목간 등에서 대전 및 한례(漢隷)의 초서가 보인다.

후한말의 서체인 금초는 오늘날 흔히 사용되는 초서로 왕희지·왕헌지 부자가 완성했다. 狂草(광초)는 당나라 장욱이 시작한 것으로 전통적인 초서 필법에서 벗어나 극도로 자유분방하게 쓴 것이다. 서예사적으로 문자가 실용적 성격에서 예술영역에 도달하는 데 교량 역할을 한 것으로 의의가 크다고 할 수 있다.

다만, 우리나라는 중국에서처럼 초서가 크게 유행하지 않았다. 근래에는 한자와 한문을 이해하는 계층이 엷어짐에 따라 해독에 어려운 단점이 있다는 것도 한 이유가 될 것이다.

이상 전, 예, 해, 행, 초의 오체에서 각 시대의 서체 변화를 살펴보았다. 서체 변화를 한마디로 말한다면 번잡에서 간편으로, 완만에서 신속으로 변화하였다고 말할 수 있다. 옛 글자는 대부분 필획이 복잡하였으나 후대로 내려올수록 간단하여졌다. 초서도 이런 의미에서 생겼으나, 앞에서 언급한 것처럼 한자와 거리가 먼 세대들은 물론이고, 일반인들이 글자를 알아보기 어려운 탓으로 우리나라에서는 초서의 작품보다는 행서와 섞어 쓴 작품들을 많이 볼 수 있다.

* 서체와 관련하여 나 나름대로 알기 쉽게 쓴다고 썼지만, 어쩔 수 없이 나열되는 서예 관련 전문용어들을 일반인들이 얼마나 알 수 있을까에 대하여는 의문이 든다. 이 점 참조하여 읽어 주시길 바랍니다.

4. 서예와 나

좋은 글씨를 쓰려면 많이 써야 한다는 것은 기본이다. 서예의 대가로 알려진 사람치고 엄청나게 노력하지 않은 사람은 한 명도 없다. 서예와 관런 없는 사람들도 다 알고 있는 왕희지나 추사, 한석봉 같은 인물들이 얼마나 글씨에 매진하였는지는 각종 기록에서 알 수 있다. 한 예로 추사 선생은 벼루 10개를 구멍 냈고, 붓 천 자루를 몽땅으로 만들었다고 한다. 물론 타고난 재능도 있어야 하지만, 엄청난 노력 없이 좋은 글씨를 쓸 수는 없다고 본다.

다음으로 많이 읽어야 한다. 서예와 관련된 책을 많이 읽지 않으면 발전에 한계가 있다. 그 외 많이 보아야 한다. 다행인지 우리나라엔 서예와 관련하여 각종 전시회가 거의 연중 끊임없이 이어지고 있다. 그런 곳에 가서 많이 보아야 한다. 서울에서는 인사동에 가면 거의 매일 미술관이나 화랑에서 여러 작품들을 구경할 수 있다. 나 역시 종종 인사동 필방에 들러 화선지를 비롯한 서예 용품도 사고, 각종 작품을 구경하곤 한다.

서예에 대한 사유와 독자성을 탐구하면서 자신만의 세계를 찾으려는 노력은 서예를 하는 사람이라면 누구나 공통된 것이라고 본다. 하지만 모든 것이 그렇듯이 인간 됨됨이를 비롯한 기초가 튼튼해야 한다.

추사 김정희가 유배 중 아들 상우에게 보낸 글에 "모름지기 가슴속에 먼저 '문자향(文字香)'과 '서권기(書卷氣)'를 갖추는 것이 예법의 근본이다."라는 내용이 있다. 문자향이란 말 그대로 글자에서 나오는 향기를 말하고, 서권기란 책에서 나오는 기운을 이른다. 문자향과 서권기는 분명 향기와 기운을 이르지만, 냄새로 맡을 수 있는 것이 아니고 눈으로 볼 수 있는 것이 아니다. 어떤 이는 최소 만 권의 독서량이 있어야 문자향이 피어나고 서권기가 느껴진다고 하는데, 무조건 많이 읽는다고 문자향과 서권기가 배어나는 것은 아닐 것이다. 사람에게서 문자향과 서권기가 배어나려면 먼저 그 사람됨이 바탕에서 우러나야 할 것이다.

  예술은 가슴속에 감동의 파장이 일 때 온다고 한다. 시를 지을 때도 종종 그렇지만, 가만히 사물을 관찰하여 그 사물로부터 어떤 감흥이 일어날 때, 그때가 붓을 들 때라는 말일 것이다. 솔직히 나 자신 부족한 점이 많아 좀 더 노력하지 않으면 안 된다는 것을 잘 알고 있다. 내가 쓴 서예 작품을 보며 만족스러워했던 적이 한 번도 없다. 그러면서 조금만 더, 조금만 더 정진하면 좋아질 수 있다는 생각으로 계속 붓을 들곤 한다. 먹을 갈고(최근엔 먹 가는 기계로 갈지만) 또 갈고, 화선지 위에 쓰고 또 쓰곤 한다. 뜻대로 되지 않으면 싫증이 나기도 하지만, 서예의 대가라고 불리는 사람들의 피나는 노력을 생각하며 거의 매일 붓을 잡는다.

묵향에 젖어서

집사람은 나의 방을 청소할 때마다 투덜거린다.

"이 방이 제일 지저분해. 이 걸레 좀 봐봐. 아무리 닦아도 닦아도 시커먼 것이 묻어 있어~"

거의 매일 붓을 잡고 글씨를 쓰기 때문에, 매일 먹을 갈지 않아도 방 이곳저곳으로 먹물이 날아다닌다고 볼 수 있으므로 다른 곳에 비하여 더러울 수밖에 없다. 그런데도 집사람은 청소를 할 때마다 불평을 섞어 말하고, 그런 말을 들을 때마다 나 또한 스트레스가 쌓인다.

그래서 수일 전 나는 이렇게 말했다.

"아마 우리 할머니 같으면 당신과 반대로 말했을 거야. 옛날에 할머니가 할아버지의 방을 매일 청소하면서 걸레가 너무 뽀얗다면 할아버지에게 이렇게 말했지. '서방님~ 요즘 글공부를 너무 등한시하는 것은 아닌지요? 글씨도 별로 쓰지 않고 저렇게 붓을 팽개쳐 두어서야 되겠습니까? 먹 가는 소리가 들리지 않아 괴롭습니다.'라고 말이야."

"사대부의 방이 너무 깨끗하다는 것은 글씨를 쓰지 않은 것에 불과하니 당신도 생각을 고쳤으면 좋겠어~ 그리고 계속 투덜거리려거든 아예 내 방은 청소를 하지 말아 줘. 내 방은 내가 알아서 정리할 테니~"

그리고 한술 더 떠서 이렇게 말했다.

"그럴 리야 없겠지만, 만약 내가 나중에 내 글이 학생들 교과서에 실릴 정도로 유명 작가가 되거나 명필로 각광받을 경우, 그 배우자가 도움을 준 것으로 기록되는 것이 좋겠는가? 아니면, 방해를 하던 사람으로 기록 되는 것이 좋겠는가? 지금이나 가까운 시일 내로 내가 큰 빛을 보지는 못 하겠지만, 세상 일은 모르는 거야. 늦게라도, 먼 훗날, 100년이나 200년쯤 지난 후 만약 濟南(제남)이라는 사람이 유명해지게 되는 날 당신도 그 배 우자로 한 줄 차지할지도 모르잖아? 설사 크게 유명해지지 않더라도 남편 이 쓰는 글이나 글씨에 조금이라도 도움을 준 배우자로 기록되는 것이 좋 지 않겠어?"

그랬더니 말도 안 되는 실없는 소리를 하고 있다며 코웃음을 친다.

하지만, 그 뒤로 집사람도 무슨 깨달음이 있었는지 예전처럼 감정 섞인 말을 내뱉지는 않는다. 오히려 이제는 내 방에서 풍기는 먹 냄새가 좋게 느껴진다고 말한다. 그러면서 새까만 것이 묻어나지 않을 때까지 정성스 럽게 방을 닦는다.

사실 요즘 나는 서예로 많은 시간을 보내고 있다. 따라서 나의 방에는 먹

냄새가 진동한다. 특히 겨울에는 문을 잘 열어 놓지 않은 탓 등으로 책장이나 벽에 더 진하게 배어 있다. 서예를 하다 보면 먹물만 여기저기 튀는 것이 아니다. 종이에서 나오는 먼지도 무시할 수 없다.

종이에 대한 명칭도 말이 좀 있다. 사실 붓으로 글씨를 쓰거나 그림을 그리는 종이는 일반 종이와 다르다. 일반적으로 畵宣紙(화선지)라고 부른다. 그런데 이 말에 거부감을 느끼는 사람들도 있다. 그 이유로는 '화선지'(畵宣紙)의 어원은 '화심'(畵心)이라는 종류의 '선지'(宣紙)로, 중국의 선주 지역에서 생산된 서화용 종이를 의미한다는 것이다. 또한, 일본에서 에도시대에 수입한 중국 종이, '화전지'를 종이 상인들이 '화전지'를 '화선지'로 부르기 시작했다고도 한다. 이런 이유 등으로 우리나라의 한지를 중국의 화선지로 잘못 인식하도록 방치하는 것은 큰 문제라고 지적하는 이도 있다. 하지만, 화선지는 국어사전에도 붓글씨를 쓰거나 그림을 그릴 때 쓰는 한지의 하나로 설명되어 있는 것처럼 書畵(서화)를 하는 사람들 사이에서는 일반적으로 사용되고 있다. 다만 화선지에도 종류가 다양하기 때문에 먼지가 많이 나지 않는 화선지를 사용하려고 할 뿐이다.

서예에 입문한 이후 이러저러한 사람들한테 가르침을 받았다. 그들을 보며 안타깝게 느끼는 것은 서예 자체가 충분한 밥벌이 수단이 되지 못한다는 것이다. 아무리 대가라고 할지라도 서예로 인한 수입은 크지 않다. 그런 탓으로 수강생들에게 화선지도 팔고, 붓도 팔고, 먹물도 팔아서 수입을 보전하는 경우도 있다. 그럴 경우 대부분은 그렇지 않지만, 필방에서 파는 가격보다 너무 차이가 나게 판매하는 경우를 보면 기분이 가라앉을 수밖에 없다. 안타깝다는 생각과 함께 고개를 갸웃거리게 된다. 사실 서예는 무엇보다 도덕을 깔고 시작하는 것이다. 그리고 서예라는 것은 남에게 자랑하려고 하는 것이 아니고, 자신의 수양이 앞서는 것이다.

사실 먹물 좀 먹었다는 말은 지식인이라는 의미가 포함된다. 서예의 기본은 글씨를 잘 쓰는 능력도 당연히 중요하지만, 먼저 인격이 되어야 한다고 본다. 묵향이라는 말엔 어느 정도 인격이라는 것이 배어 있는 것이다. 따라서 묵향에 젖어서 생활한다는 것은 그 자체만으로 상당한 가치가 있다고 본다. 오래전 "視松開想(시송개상)"이라는 나의 수필을 통해서 말했듯이, 글씨를 얼마나 잘 썼느냐도 중요하지만, 그보다 먼저 어떻게 살았느냐에 따라 그 사람의 글씨 가치가 매겨지는 것이다. 똑같은 종이와 먹을 사용해도 사람마다 각기 다른 묵향이 흐를 수밖에 없다.

명필은 붓을 가린다

첫돌에 붓을 잡고 있는 손녀 박지율

"명필은 붓을 탓하지 않는다"는 말이 있다. 맞는 말이다. "목수는 연장 탓을 하지 않는다"는 말과 같은 말로 좋지 않은 글씨가 붓 때문이라고 억지를 쓰는 사람들에게 주로 쓰이는 말이다. 글씨를 제대로 쓸 수 있는 능력부터 갖추라는 꾸지람이라고도 할 수 있다. 영어 속담으로는 "A bad workman blames his tools"이다. 능력 없는 사람이 자신의 능력을 성찰하기보다는 도구 탓만 하는 것을 이르는 말이다.

나는 최근 집 근처 자치회관의 문화 프로그램에 있는 서예에 등록을 하였다. 첫 번째 수업 날이었다. 사실 어느 곳이나 독특한 냄새가 있다. 즉, 수업 분위기라는 것도 조금씩 다르고, 장소 나름의 규칙이라는 것도 있다. 여러 사람이 반갑게 맞아주어도 역시 새로 접하는 장소인 탓으로 샌드위치에 있는 김치처럼 많이 어색하다. 선생님이 지난주에 써 주었던 체본에 따라 연습한 것을 체크해 주고, 새로 체본을 써 주는 것은 다른 곳과 비슷하였다. 나는 예서체를 "史晨碑體(사신비체)"로 배우고 싶다고 하면서 가지고 있던 책과 함께 평소 쓰던 연습용 종이 2절지를 내밀었다.

그런데 몇 자를 쓰더니 약간은 불만 섞인 말을 한다. 종이가 너무 얇아서 붓을 빠르게 운필 할 수밖에 없다는 것이다. 그래서 뜻대로 꼴이 나오지 않는다는 것이다. 나는 전의 다른 자치회관에서 사용하던 종이를 준 것인데, 아마 익숙하지 않은 화선지이었던 모양이다. 그래도 글씨는 내가 보기에 괜찮았다. 나름 개성이 있고 거칠지만 멋이 깃들인 글씨이다. 글씨 쓰는 모습을 보고 있노라니 확실히 선생은 아무나 하는 것이 아니라는 것을 느끼게 한다.

체본 쓰는 것을 끝낸 선생님은 수강생들의 글씨체나 자세 등을 지도하다가 글씨를 쓰고 있는 나에게 오더니 내 붓을 위에서 잡고 시범을 몇 차례 보여 준다. 다른 곳에선 듣지 못했던 붓놀림에 대하여 배웠다. 用筆(용필)에 대하여 새로운 것을 알게 해 주었다. 그러더니 내가 쓰고 있는 붓이 영 안 좋다는 식으로 말한다. 붓털이 제대로 꺾이지 않는다며 실망스러운 표정이다.

붓이 좋지 않다는 말을 들으니 붓과 관련하여 안 좋은 기억들이 머리를 스친다. 현재 나는 어찌하다가 필요 이상으로 여러 자루의 붓을 갖게 되었다. 붓이 많게 된 이유는 필방에서 내가 직접 산 붓과 별도로 그동안 나를 가르친 선생들의 탓이 크다. 다니던 서예반의 수강생 초과 등으로 새로운 곳을 찾아 배우러 가기만 하면, 모두 기존에 쓰고 있는 붓을 안 좋게 말한다. 사실 그날 내가 쓰고 있던 붓도 모 교육원에 등록했을 때, 그곳 선생님을 통하여 샀던 붓이다. 당연히 필방에서 구입하는 가격보다 많은 금액을 주고 샀다. 그리고 그 뒤 모 자치회관에서의 선생님도 붓 탓을 하면서 자신한테 붓 사기를 권유하여 또 하나 샀다. 그 외 그림 붓도 마찬가지다. 물론 이번에 붓 구입을 권유받은 것은 아니지만, 오래 전의 안 좋은 기억들이 떠오르며 기분이 내려간다.

붓뿐만 아니고 종이도 그렇다. 내가 처음 서예를 접하던 시절 모 교육원의 선생님은 체본을 써 줄 때, 연습용 종이를 주면 언짢은 표정을 지었다. 약간 비싼 작품용 종이를 선호했다. 그런 탓으로 그 후 체본을 받을 때, 연습용 종이가 아닌 작품용 화선지를 내밀었는데, 역시 종이가 너무 얇아 먹물이 잘 번진다며 또 안 좋다고 말한다. 예전의 모 자치회관 선생은 매우 선호하던 화선지인데 말이다.

서예 선생님들도 각각 자신의 글씨 모양만큼 연장 선호도가 가지각색이라는 것을 느끼게 한다. 그리고 지난주에 가지고 갔던 붓이 안 좋다고 하여 집에 있는 다른 붓을 가지고 갔는데, 또 붓이 안 좋다고 한다. 한마디로 의도하는 글씨 모양을 내기에 힘든 붓이라는 것이다. 그래서 난 "명필은 붓 탓을 하지 않습니다"라고 했더니, 눈에 힘을 주며, 그래도 어느 정도는 괜찮아야 한다는 것이다.

사실 지필묵의 가격은 천차만별이다. 물론 비싸다고 좋은 것은 아니다. 글씨를 쓰는 사람마다 자신에게 좀 더 맞는 것이 있을 것이라고 본다. 다 그런 것은 아니지만, 좋은 종이일수록 번짐이 심한 것 같다는 생각도 든다. 좋은 종이들은 대개 얇아서 적당한 번짐으로 글씨의 예술성을 높인다. 다만 사람에 따라 선호하는 종이가 다를 것이다.

여하튼 내가 가지고 있는 붓이나 종이가 안 좋다는 소리를 들으니 심란해진다. 自慰(자위)를 하려고 산에 올라 소나무들을 한참 바라보면서 "명필은 정말 붓 탓을 하지 않을까"를 생각하다가 내려왔다.

"명필은 붓을 가리지 않는다"는 말을 한자로 하면 "能書不擇筆(능서불택필)"이라고 하는데, 이에 대한 명필들의 유명한 故事(고사) 하나가 떠오른다.

당나라 때 서예의 달인으로서 우세남, 저수량, 안진경, 구양순 등이 있었다. 모두가 대단한 사람들이지만, 그중에서도 구양순이 조금 더 유명하다. 구양순의 서체는 솔경체라고 불리는데 힘찬 기세가 스승인 왕희지(王羲之)보다도 뛰어났다.

여기서 말하고자 하는 것은 구양순이 글씨를 쓸 때 붓과 종이를 가리지 않았다는 것이다. 그러나 저수량은 좋은 붓과 먹이 없으면 글을 쓰려고 하지 않았다. 어느 날 저수량이 우세남에게 물었다. "자네는 내 글씨와 구양순의 글씨 중 누가 더 뛰어나다고 생각하는가?" 우세남이 대답했다. "내 생각에는 구양순이 한 수 위인 것 같네. 왜냐하면 그는 어떤 종이에 어떤 붓을 가지고 쓰든 마음먹은 대로 쓸 수 있다고 하네. 그러니 자네처럼 붓과 종이를 가리는 사람은 아무래도 그만 못하지 않겠는가?" 이에 저수량은 아무런 대꾸도 하지 않았다는 고사이다.

그러나 이와 조금 다른 각도의 이야기도 있다. 만약에 書聖(서성)으로 불리고 있는 왕희지에게 좋은 붓이 없었다면 오늘날까지 전해지고 있는 "난정서"는 없었을 것이라는 말도 있다. 추사 선생과 관련된 이야기에도 이와 비슷한 말이 있다. 우선 추사 선생이 직접 했다는 말을 옮기면 이렇다. "명필은 붓을 가리지 않는다는 말은 어디에나 해당하지 않는 것이다. 구양순이 구성궁 예천명이나 화도사비 같은 글씨를 쓸 때 정호(털의 품질이 아주 좋은 붓)가 아니면 불가능하였을 것이다."

이 외에 다음과 같은 내용도 있다. 추사가 제주도에 유배되어 있을 동안 동생이 종이를 보내왔는데, 이런 후진 종이로 무슨 서예를 쓰라는 거냐고 편지를 보냈다는 말도 있다. 추사는 완벽주의자로 지필묵 선택이 엄청 까다로웠다고 한다. 추사의 장비빨(?)은 엄청났다는 이야기도 전해진다. 그는 매우 좋은 장비를 갖추고 서예를 했다는 것이다. 생전에 붓 1천여 자루를 몽당붓으로 만들었다는 추사 선생의 경우 '붓 탓을 하지 않는다'고 하면서도 작품에 임할 때는 좋은 붓을 찾았다고 전해지는 만큼 글씨나 그림을 그리는데 붓의 선택과 역할이 매우 중요하다고 아니할 수 없다.

"유능한 목수는 연장 탓을 하지 않는다"는 속담이 잘못된 말은 아니다. 맞는 말이다. 하지만 추사 선생의 말처럼 이 말이 어디에서나 통용되는 말은 아닐 것이다. 그리고 주현종(周顯宗)의 "논서(論書)"에 나오는 글로 "글씨를 잘 쓰는 사람은 붓을 가리지 않는다는 말이 있지만, 이는 통설이라고 할 수 없다. 행서(行書)와 초서(草書)를 제외한 해서(楷書), 전서(篆書), 예서(隷書)를 쓰는 경우는 붓에 따라 결과가 달라지기 때문에 붓을 가리지 않을 수 없다."라고 되어 있다. 아마 그런 의미에서 지금의 서예 선생님도 붓이나 종이의 질에 대한 말을 했을 것이다. 심란한 마음을 달래기 위해 내일엔 필방에 가서 붓 구경이나 실컷 하여야겠다.

초서를 쓰면서

나는 요즘 草書(초서)에 빠져 있다.

 내가 초서를 쓰기 시작한 지는 얼마 되지 않지만, 그 매력에 흠뻑 젖어 있다. 처음 서예를 시작할 때, 당시 강사가 楷書(해서)부터 배우는 것이 좋다고 하여 줄 긋기 등의 입문절차를 걸친 후 약 4년 이상을 해서만 썼었다. 楷書의 楷자는 본보기나 모범, 바름이라는 의미를 지니고 있다. 따라서 표준으로 삼을 만한 서체라는 의미에서 대개 많은 이들이 해서, 행서, 초서, 전서, 예서의 5체 중 가장 먼저 배우기 시작한다. 시중에 나와 있는 해서와 관련된 책도 수십 가지가 넘는데, 나는 육조체(북위 해서체라고 하여야 옳으나, 일반적으로 사용되는 용어)로 해서를 익혔다. 육조체는 날카롭고 힘이 있다. 육조체는 唐楷(당해: 중국 당대의 해서)가 아름답고 여성스러움에 반하여 씩씩하고 굳세어 남성스럽다고 한다. 나는 그중에서도 張猛龍碑(장맹룡비)로 배웠다. 약 4년 이상을 해서에 매달린 후, 史晨碑(사신비)로 예서체를 배웠고, 행서는 행서체의 바이블이라고 할 수 있는 왕희지의 集字聖教書(집자성교서)로 배웠다.

 그리고 그 후 추사체를 접하게 되었으며, 그와 더불어 약 1년 전부터는 초서에 매달리고 있다. 초서란 자체를 간략하고 빠르게 흘려 쓴 글씨체라고 할 수 있다. 어느 글자는 정말 너무 간결하다. 그리고 흘려 쓴 탓으로 나 자신 한자를 웬만큼 알고 있음에도 잘 알아볼 수 없는 글자들이 부지기수다. 그런 탓으로 초서가 나를 더 빠져들게 하였는지 모르겠다.

이하 초서의 역사적 배경 등에 대하여는 백과사전에 있는 내용을 참조한다. 사실 무엇을 참조하여 글을 쓰다 보면 전문용어들을 계속 나열할 수밖에 없어 약간의 딱딱함을 감수할 수밖에 없다. 장초, 금초, 광초나 파책 등 전문용어가 등장하게 되면 관심 있는 분들은 열심히 읽겠지만, 용어 자체가 생소한 사람들은 지루해질 염려가 있다. 따라서 사전적 지식 내용은 최대한 축소하고, 나 자신의 느낌 위주로 초서 글씨처럼 유연하게 글을 쓰고자 한다.

초서의 발생에 대하여는 일반적으로 행서(行書)가 출현한 뒤 이를 쓰기에 편리하고 속사(速寫)할 수 있도록 짜임새와 필획을 간략하게 한 것으로 알려져 있다. 그러나 기록상으로 볼 때, 전서(篆書)를 사용하였던 중국 전국시대에 이미 초고(草藁)라 하여 속사를 위한 초체(草體)가 있어 정체(正體)와 구별되었다고 한다. 따라서, 넓은 뜻에서의 초서는 모종의 자체(字體)를 초략(草略)한 서체 모두를 가리킨다고 하겠다.

또한, 서체사(書體史)에서 말하는 고정된 의미의 초서도 예서(隷書)를 사용하였던 한초(漢初)에 이미 시작되었다고 보는데, 그 변천과정에 따라 장초(章草)가 선행하며 이후 금초(수초)와 광초(狂草)의 세 가지로 나누어진다.

장초는 예서를 간략하게 속사한 것으로 서한(전한) 원제(元帝) 때, 사유(史游)가 창안하였다고 전하며, 후세인들이 그가 쓴 "급취장(急就章)"으로 인하여 이를 장초라 이름하였다고 한다. 일설에는 두도(杜度)가 만든 것으로 동한(후한) 장제(章帝)가 이를 애호하여 장초라 하였다고도 전하나 모두 믿을 수는 없다.

금초는 오늘날 흔히 사용되는 초서로, 장지가 장초에서 파책을 제거하고 글자 상하의 혈맥(血脈)을 이어 창안하였다고 전하며, 광초는 당 장욱에서 비롯된 것으로 위진시대 이래 왕희지의 전통적인 초서 필법에서 벗어나 술이나 자연계의 현상으로부터 정서나 영감을 불러일으켜 광사(狂肆)하게 썼다는 뜻에서 붙여진 이름이라고 한다.

이후 당 회소(懷素)가 개성적인 광초서풍을 이루었다. 초서를 말할 때 자주 언급되는 회소(懷素, 737-799)는 자(字)가 장진(藏眞)으로, 영주(永州) 영릉(零陵) 출신이다. 당(唐)의 승려이자 서예가로 광초(狂草)를 잘 쓰기로 유명하였다. 이름 그대로 狂(광)은 미칠 광으로 술과 인연이 있다고 할 수 있다.

나 같은 경우 초서에 입문하면서 그의 글씨를 임서하곤 했기에 회소에 대하여 조금만 더 부연해 보고자 한다.

회소는 집이 가난해서 종이를 구할 수 없었으므로 파초를 많이 심어서 그 잎을 종이로 대신했고, 잎이 다하면 옻칠을 한 판자에 손가락으로 연습을 했는데 닳고 닳아 구멍이 날 지경이었다고 한다. 초서를 즐겨 전적으로 익혔는데 닳은 붓이 잔뜩 쌓여 산기슭에 묻어 붓 무덤을 만들었고, 정진 30년에 일가를 이루었으니 참으로 서예를 배우는 사람들의 모범이라고 하겠다.

기록에 의하면 회소의 필세(筆勢)는 종횡으로 치달았으며 모습은 건장하면서도 유연하며 자유분방하였다. 이로 인해 어지럽지만 순박한 형상으로 이전에는 없던 새로운 국면을 열었다. 회소는 자유분방하고 거침이 없어 자잘한 것에 얽매이지 않았고 일체의 인연에 모두 얽매이면서도 마음으로는 편안하였다. 이에 술을 마셔 천성을 양성하고 초서(草書)를 써서 뜻을 드날렸으며, 매번 술에 취하여 흥분할 때면, 절의 벽이나 마을의 담장, 옷과 그릇에 글씨를 쓰지 않은 것이 없기에 당시 사람들은 그를 '취승(醉僧)'이라 칭하였다고 한다.

간혹 서예 전시회 등에 가 보면 행서와 초서를 섞은 행초의 작품들이 의외로 많음을 알 수 있다. 나의 개인적인 생각이지만, 그 이유는 초서 단독혹은 행서만의 글씨로는 글자의 대소, 장단, 강약 등의 균형미나 예술성을 높이는 것이 용이하지 못할 수 있기 때문이 아닌가 한다.

근래에 들어와 한글 교육과 필사 도구의 발달로 인하여 상대적으로 한자 교육이 점점 퇴보되고 한문을 이해하는 계층이 엷어짐에 따라, 초서는 생활에서 멀어지고 어렵게 느껴졌으며, 단지 예술 분야에서 서예가들의 창작 대상으로만 남게 되었다. 점점 한자를 아는 인구가 줄어들고 있는 것이 큰 원인이겠지만, 한자를 웬만큼 안다고 하더라도 초서를 알아보는 이가 드문 것이 현실이다.

초서를 문학으로 비유하면 시(詩)와 비슷하다는 생각을 한다. 짧은 문장으로 많은 것을 함축하여 표현하는 시처럼 초서도 간결한 획으로 여러 글자를 표현한다. 시의 경우 수필이나 소설과 다르게 정제된 함축과 간결함 속에서 노래나 그림으로 표현이 되듯이 초서도 비슷하다. 그런 이유로 초서가 한시(漢詩)를 만났을 때의 미적 가치는 매우 높다고 판단된다. 하지만 함축된 언어인 시를 이해하는 데 어려움이 있듯이, 초서도 점획이 생략되어 절제된 감성적 성향을 가지고 있어 다른 체에 비하여 어렵다. 글자란 당연히 남이 쓴 것을 흉내 내는 것에 그치지 않고 왜 이렇게 쓰는 것인지 알고 써야 하기 때문이다.

취운 진학종 선생은 우리나라 초서의 대가로 알려져 있는데, 그가 말하길 "서체 중에서 초서가 가장 어렵다, 그만큼 공부를 많이 해야 한다."면서 "중국이나 일본 등 한자문화권에서는 초서가 예술적 가치를 가장 잘 표현할 수 있는 글씨로 평가받고 있다."고 하였다. 오체 모두 각각의 특징이 있기 때문에 나름대로의 가치가 있지만, 예술성만 놓고 볼 때는 초서가 가장 으뜸이라고 본다.

나는 초서에 입문 시 자치회관 선생님 덕분에 여러 서예가들의 초서 글씨를 맛보면서 희열을 느끼지 않을 수 없었다. 내가 몇 글자만 맛본 초서들은 왕희지의 십칠첩(十七帖), 지영(智永)의 진초천자문(眞草千字文), 손과정(孫過庭)의 서보(書譜), 공해(空海)의 반야경개제, 회소(懷素)의 천금첩 등이다. 위의 인물 중 지영(智永)은 스님으로 왕희지의 7세손이다. 그 역시 왕희지처럼 해, 행, 초, 장초 등 각 체에 능숙하였는데, 초서를 가장 뛰어나게 잘했다고 한다. 그리고 공해(空海)는 일본의 승려로 일본에서는 서성(書聖)으로 알려져 있는 인물이다.

초서의 가장 큰 단점으로는 가독성(可讀性)이 떨어진다는 것이다. 심지어 글씨를 쓴 본인도 무슨 글자를 썼는지 모르는 경우가 많다. 따라서 왕의 칙명이나 공문서가 초서로 작성되지는 않았다. 공문서는 대부분 행서로 쓰였다. 행서는 해서에 비해 쓰기는 훨씬 쉬우면서도 가독성은 크게 떨어지지 않았기 때문이다. 따라서 공문서 등 실용 문서를 작성하는 데는 행서가 많이 사용되었고, 해서는 영구적으로 보존해야 할 가치가 있는 문서 위주로 쓰였다.

따라서 공문서에서 초서를 보기는 힘들다. 하지만 개인적으로 작성된 문서는 초서로 쓰인 경우가 많다. 선비들이 서로 편지를 주고받을 때는 주로 초서로 썼다고 한다. 양반들이 인편으로 하인에게 편지 심부름을 시키는데, 혹여 하인이 그 내용을 알게 될까 봐, 알아볼 수 없도록 초서로 흘려 써서 편지를 주고받았다는 우스갯소리도 있다.

빠르게 휘갈겨 쓴 초서는 실제 붓의 궤적을 따라가면서 원래의 글자를 추정해야 할 정도로 매우 복잡하다. 또한 서예가 중에서도 초서를 능수능란하게 구사할 수 있는 서예가는 그리 많지 않은 것이 현실이다. 대부분 문장 전체가 아닌 글자 하나하나를 초서로 쓰는 것에 그치거나, 기존 작품을 베끼는 것이 전부인 경우가 허다하다.

즉, 초서를 볼 수 있는 사람은 한자라는 문자와 초서라는 필체는 물론이고, 한문의 다양한 문맥이 머리에 들어 있을 정도로 한문에 대단히 익숙한 사람이어야 한다. 한문에 대해서는 전문가 중의 전문가라고 할 수 있다. 따라서 초서를 읽고 쓰는 것을 모두 할 수 있는 사람은 매우 드물다고 본다. 즉, 한자를 좀 안다고 해서 다른 사람이 쓴 것을 쉽게 읽을 수 있는 서체가 아니기 때문이다. 하지만 시중에 여러 초서 사전이 있고, 또 일정한 규칙이 있기 때문에 열심히 연마를 하다 보면 어느 정도는 익숙해질 수 있다고 본다.

행서와 비교 시 기본 법칙과 형태로 간략하게 쓴 것이라는 공통점은 있지만, 한 번 더 간략화한 것으로 형태에 대한 제한을 두지 않기 때문에 해독하기가 매우 어려운 것이다. 또한 글자 형태가 매우 단순화되어 있기 때문에 자칫 다른 글자로 해석할 수도 있다. 따라서 앞뒤 문맥과 글자를 파악하는 것이 가장 필요한 서체이다.

간단한 획 하나로도 여러 글자를 표현하는 등 너무 어려운 탓으로 초서를 쓰는 사람은 많지 않다. 그러나 분명한 것은 예술성이 가장 높다, 따라서 초서는 서예의 끝이라고 본다. 속도는 빨라야 하고 선은 아름다워야 한다. 선이 아름답고 예술성이 높은 이유 등으로 나는 초서를 사랑한다.

먹빛에 스민 마음

한문은 한글과 달라서 뜻글자이다. 따라서 글자 하나마다 의미가 있고, 문장 전체 맥락 등을 감안하여 그 글자가 왜 그곳에 쓰여 있는지 깊게 파악할 수 있어야 한다. 특히 간결하게 압축한 한시의 경우는 더욱 그렇다.

한문 서예로 글씨를 쓰는 재미에 푹 빠져 지내면서, 남들의 한시만 쓸 것이 아니라, 나의 글을 써 보자는 생각으로 한시를 짓는 일에 몰두하게 되었다. 나 자신 어린 시절부터 한자를 익혀 왔기에 일반인보다 한자를 많이 알고 있다고 자부하였지만, 수시로 옥편을 뒤적거리지 않을 수 없었다.
어울리는 글자를 찾아 한시를 지으며 희열을 느끼곤 하였다. 어느 때는 밥 먹다가도 떠오른 글자를 놓칠까 봐 책상으로 돌아와 메모를 하였고, 자다가도 벌떡 일어나 기록을 하곤 했다.

나의 실력으로는 유명한 시인인 이백, 두보, 왕유, 김삿갓 등처럼 즉흥적으로 한시를 짓는 것은 불가하여, 시 한 편을 짓기 위해 수많은 날들을 고민하며 보냈다. 평측과 운을 맞추기 위해서 AI 도움도 받았지만, 추천해 준 한자가 마음에 들지 않아 한 구절을 작성하는 데 하루 종일 보낸 적도 있다. 하지만 그 시간들이 나로서는 매우 행복하였다.

書體斷想(서체단상)

墨香新引道初心(묵향신인도초심)

書法凝神入夢深(서법의신입몽심)

筆下千秋藏妙理(필하천추장묘리)

求眞何處問知音(구진하처문지음)

먹 향기가 새롭게 초심으로 길을 이끄니
정신을 응축시킨 서법의 꿈을 깊게 한다
붓끝 아래 천 년의 오묘한 이치가 감추어져 있으니
진리를 어디서 알아주는 이에게 물을 수 있을까

한시는 천천히 음미하여야 한다. 위와 같은 직역을 넘어 씹고 또 씹으며
의역을 하다 보면 깊은 맛이 우러나리라고 본다.

위 시는 평기식 한시인 바, 운은 侵韻(침운)으로 1, 2, 4구 끝에 心, 深, 音을 운목으로 하였다.

視松開想(시송개상)

孤松抱霜節(고송포상절)

幽雲靜自高(유운정자고)

歷艱初心定(역간초심정)

窮境悟心豪(궁경오심호)

외로운 소나무가 서릿발을 안고 절개를 간직하니
그윽한 구름은 고요히 스스로 높아지누나
온갖 어려움을 겪은 뒤에 초심이 안정되고
궁한 경계 속에서 깨달음을 얻으니 호연하도다

이 시를 지으며 당초 의도한 내용은 아래와 같다.

추운 겨울에도 소나무는 변함없는 색깔을 간직하고 있으니

구름도 스스로 높아진다

이렇게까지 오는 동안 숱한 고난을 겪었지만

어려움 속에서도 깨우치며 늙어 가는 즐거움을 얻으리라

富貴淸高(부귀청고)

花落香留滿袖輕(화락향류만수경)

高枝倚月影分明(고지의월영분명)

浮雲不染心如水(부운불염심여수)

自有風神在骨淸(자유풍신재골청)

모란을 그리며 지은 한시이다.

꽃은 졌어도 향기는 남아 소매 가볍고
높은 가지 달에 기대니 그림자 더욱 또렷하다
떠도는 구름도 닿지 못하는 물같이 맑은 마음
스스로의 품격은 뼛속 깊이 맑고 고결하구나

당초 아래의 "모란을 그리워하며"라는 시를 지은 후, 이를 토대로 지은 한시이다.

모란을 그리워하며

꽃은 져도 향기는 남아

소매 끝에 가볍게 머무네

높은 가지 달을 기댈 때

그림자는 더욱 또렷하구나

구름조차 물들이지 못 할

맑은 마음 물처럼 고요해

뼛속 깊이 품은 그 기상

스스로 맑고도 높도다

富貴清高

濟南朴烔淳

167

竹中顧品(죽중고품)

幽篁生夜露(유황생야로)

清氣引行軀(청기인행구)

直節寒風裡(직절한풍리)

正道與心俱(정도여심구)

그윽한 대숲에 밤이슬이 맺히고
맑은 기운이 걸음을 이끈다
곧은 절개가 찬바람 속에 있으니
올바른 도리가 내 마음과 함께하네

虞韻(우운)으로 평기식이며 2, 4연 끝의 軀(구)와 俱(구)를 운목으로 하였다.

이 시는 항상 바른 몸가짐을 가졌던 어느 친구를 생각하며 메모하였던
아래의 글을 토대로 지었다.

밝은 웃음을 끌어낸 대나무 숲의
맑은 향기가 가는 길을 멈추게 한다
높은 절개가 상서로운 기운을 모으니
친구를 생각하며 올바른 도리를 본받는다

抱節元無心凌雲忽高節寒嵐山中深此尺尺子志於竹林 濟南朴炯淳

小紅花(소홍화)

紅花小笑雜芳叢 (홍화소소잡방총)

著石纖莖繫半峯 (착석섬경계반봉)

驚風潛影藏煙外 (경풍잠영장연외)

不落殘紅待曉鐘 (불락잔홍대효종)

붉은 꽃, 가만히 웃으며 향초 무리에 섞이고
가는 줄기 바위에 얽혀 산허리에 몸을 두네
바람에 놀라 그림자 감추고 연기 너머 숨으며
떨어지지 않은 꽃, 새벽 종소리를 기다린다.

위 漢詩(한시)는 아래의 시를 쓴 후 이에 맞춰 지은 것이다.

작고 빨간 꽃

조용한 숲속

잡초들의 자리 다툼이 심한 곳에서

작은 꽃 하나가 고개를 간신히 내밀더니

바람 소리에 놀라 모습을 감춘다

억센 숨 고르는 산 중턱

더 이상 자라지 않는 키를 원망하며

파란 풀 속에서 빨갛게 숨을 죽여

구름이 지나가길 기다린다

낙화를 독촉함에 서러움이 크지만

누구를 원망하랴

이렇게라도 피었음에 고개 숙이며

다가올 이별에 눈이 시리지만

좀 더 버티려고 애쓰는 모습에서

계절 지나가는 슬픔이 묻어난다

悲景殘像(비경잔상)

紅葉飛時聲欲寒(홍엽비시성욕한)

舊盟猶夢淚闌干(구맹유몽루란간)

回眸始見鮮姿遠(회모시견선자원)

終日相思淚滿看(종일상사루만간)

붉은 잎 흩날릴 때 바라는 목소리 차가워지고
옛날 맹세는 꿈속에 남아 눈물이 난간을 적시네
뒤돌아보니 비로소 보이는 멀어진 그 고운 자태
온종일 그리워하며 눈물로 가득 바라본다

시를 지을 때 대개 그렇듯이 이 시에서는 고운 모습(鮮姿)을 먼저 떠올리며 시상을 그렸다. 스무 살 무렵 낙엽을 밟으며 설레는 마음으로 걸었던 길이 생각난다. 붉은 잎들이 아름다움을 뿌리며 이별을 재촉하였다.

찬 바람이 불면서 젊었던 시절의 모습이 눈앞을 가린다.

歲半省懷(세반성회)

光陰如箭不容遲(광음여전불용지)

半載浮生夢似馳(반재부생몽사치)

欲效炎暉勤不息(욕효염휘근불식)

留痕心處動天知(유흔심처동천지)

세월은 화살과 같아서 지체를 허용하지 않으니
반년의 뜬 삶이 꿈처럼 달려갔구나
한여름의 뜨거운 햇살을 본받아 부지런히 노력하여
가슴속에 자취를 남기고 하늘도 알게 하리라

　이 한시는 당초 "칠월 욕망"이라는 아래의 시를 지은 후, 이에 걸맞는 한
시를 지어 본 것이다. 간혹 나는 나의 시를 읽으며 스스로 감동하곤 한다.
이 시도 그렇다.

칠월 욕망

절반이 훅 가 버렸다

눈이 부시게 맑은 하늘

초록빛 물이 줄줄 흘러

무슨 짓을 해도

아무 죄가 되지 않을 것 같은

칠월

절반을 또 훅 보낼 수는 없다

나뭇잎에 누운

여름 햇살 길게 뽑아

담금질로 날을 만들어

짜릿한 무언가 하나쯤

이 칠월에 남기고 싶다

待心(대심)

汗登秋嶺路難回(한등추령로난회)

萬葉凋零覆古苔(만엽조령복고태)

倚石遙觀雲畫靜(의석요관운화정)

靑天如洗待安懷(청천여세대안회)

땀 흘리며 가을산에 오르니 걸어온 길이 쉽지 않았듯
무성했던 나뭇잎은 시들어 묵은 이끼 위에 떨어져 덮여 있네
바위에 기대어 고요하게 구름이 그리는 것을 바라보며
맑은 하늘 아래 씻은 듯 평안한 마음을 기다린다

당초의 시심을 살려 의역을 하면 아래와 같다.

가을산에 땀 흘리며 오르니

되돌아보는 길,

참으로 험했음을 깨닫는다

바위에 기대어 멀리 구름이 그리는 그림을 바라보며

고요한 하늘처럼 마음의 평안을 기다린다.

迎春自覺(영춘자각)

梅鵲傳春至(매작전춘지)

微風催我詩(미풍최아시)

萬象融晴意(만상융청의)

受任吟淸氣(수임음청기)

매화와 까치가 봄이 왔음을 전하니
부드러운 바람이 나에게 시 짓기를 재촉한다
온갖 사물이 따스한 봄빛에 녹아드니
맑은 기운으로 노래하면서 맡은 임무를 다하리라

詩人(시인)의 본분은 무엇일까?
당연히 시를 짓는 일일 것이다.
시인이 시 쓰기를 게을리한다면 본분을 망각하고 있는 것이다.

그런 이유로 봄을 맞이하여 읊은 시이다.

　제목은 迎春自覺(영춘자각)으로 봄을 맞이하여 본분을 깨닫는다는 글
이다.

路傍黃花(로방황화)

偶根塵路不辭低(우근진로불사저)

終吐芳心色自齊(종토방심색자제)

風聲車影終朝急(풍성차영종조급)

不怨浮生過客稀(불원부생과객희)

幸得陽暉延素首(행득양휘연소수)

更逢和氣養輕飛(갱봉화기양경비)

來春若遂飄零志(내춘약수표령지)

再作芳林第一薇(재작방림제일미)

우연히 먼지 나는 길가에 뿌리내렸으나 낮음을 마다하지 않고

끝내 향기로운 마음을 피우니 빛은 저절로 곱구나

바람 소리와 차 그림자 종일토록 급해도

덧없는 삶에 스치는 나그네 세상 탓하지 않네

운이 좋아 햇빛 받아 하얀 머리 될 때까지 살고

더 운이 좋아 바람 먹으며 날아갈 힘을 길러서

돌아오는 봄에 흩날리려는 뜻 이룰 수 있다면

다음 생엔 향기로운 숲의 으뜸 봄풀이 되리라

길가에 핀 노란 민들레(路傍黃花)를 보면서 나의 모습을 보는 듯하여,
칠언율시로 읊어 보았다.

182

葡萄夢(포도몽)

炎光照翠羅(염광조취라)

珠圓紫氣沈(주원자기침)

甘香浮遠韻(감향부원운)

含笑待秋深(함소대추심)

불빛같은 햇살이 푸른 잎사귀를 비추고
둥근 알맹이에 보라빛 기운이 스며들며
달콤한 향기는 멀리 울림 되어 퍼지니
웃음을 머금은 채 깊어 가는 가을을 기다린다

옛날 선비들이 서예를 하다가 지겹거나 딴짓을 하고 싶으면 남는 먹물
을 이용하여 문인화를 그렸다고 하는데, 나 역시 선비 흉내를 내며 먹물
을 이용하여 문인화를 즐기곤 한다.

다른 그림과 마찬가지로 아직 포도 그림도 어디에 내놓을 수준은 아니지만, 포도를 그리며 위와 같이 漢詩(한시)를 읊어 보았다.

나에게 詩(시)는 書(서)이고, 書(서)는 畵(화)이며, 畵(화)는 곧 詩(시)이다.

松鶴怡年(송학이년)

松老常靑在(송노상청재)

鶴伴同心閒(학반동심문)

心慕松鶴姿(심모송학자)

歲久自成君(세구자성군)

소나무는 늙어도 늘 푸르고
학은 마음을 함께하며 곁에 있구나
그 송학의 품격을 마음으로 본받아
세월이 흐를수록 스스로 더욱 성숙해지리라

평측을 고려하여 시를 지었고, 2구와 4구를 文韻(문운) 계열인 閒과 君
을 써서 운을 맞췄다.

제목은 송학이년(松鶴怡年)으로 소나무와 학을 생각하며 기쁨으로 늙는

다는 의미이다. 즉, 소나무의 기개, 그리고 학의 고고함과 함께 오래도록
단단하고 멋지게 늙어 가고 싶다는 의미를 담았다.

시를 쓴 후 남아 있는 먹물을 이용하여 송학도를 그려 보았다.

松老常青在
乙巳冬 濟南朴炳淳

鶴伴同心聞

母心(모심)

捨身無悔愛長恩(사신무회애장은)

至愚深意自溫存(지우심의자온존)

香火願中祈子福(향화원중기자복)

貧財惜盡是慈根(빈재석진시자근)

倦姿靜坐前夢遠(권자정좌전몽원)

紅塵回首母恩昏(홍진회수모은혼)

一匙舊淚傳無盡(일시구루전무진)

千秋不盡母情溫(천추불진모정온)

몸을 버려도 후회 없으니 사랑의 은혜가 길이 남고.

어리석은 뜻 속에도 따뜻한 정이 깃드네.

향불 앞에 두 손 모아 자식의 복을 빌고,

가난한 재물 아낌 없음이 자비의 뿌리로다.

지친 모습 고요히 앉아 옛 꿈을 그리시고,

속세 돌아보면 어머니 은혜는 아득하구나.

옛 숟가락의 눈물은 끝없이 이어지고,

천추에 다함없는 어머니의 따뜻한 마음이여.

위 한시는 수년 전 적었던 글을 기반으로 지었다. 향불이나 숟가락이 왜 나오는지 설명을 하고자 아래 글을 부연으로 게재한다.

엄마의 마음

대개 엄마들은 자식과 관련된 일이라면 물불을 가리지 못하는 경우가 있다. 자식에게 좋은 것이라면 이것저것 생각 없이 일을 저지르곤 한다. 남편의 일에는 비교적 이성을 잃지 않고 판단을 해 보기도 하지만, 자식에게 해롭다거나 좋은 일이라면 전후좌우를 잘 살피지 못한다. 다 그런 것은 아니겠지만 남편에게 아까운 것도 자식에겐 아까울 것이 없다.

수개월 전 대전에 계신 어머니한테 갔더니 나를 위해 조그만 부처님을 봉안하였다고 하는데 누구에게 속은 냄새가 난다. 그 뒤 또 오색 줄에 무슨 부적을 가져왔는데, 상당한 돈을 지불하였다고 한다. 아들을 생각하는 어머니 마음에 고개를 숙였지만 개운치 못하다. 한 달 생활비로 몇 십만 원도 쓰지 않는 분이 아들을 위해서라면 참 통도 크시다. 이런 곳에 돈 쓰지 말고 돈 있으면 맛있는 거 사드시면서 친구들과 어울리라고 하였더니 당신은 괜찮다고 한다. 괜히 짠하다.

마음이라도 편하게 해 드려야겠기에 그냥 잘하셨다고 하면서 어머니 덕분에 앞으로 나한테 좋은 일이 많이 생길 것이라고 말하였다. 사기 여부를 떠나 그냥 아들을 생각하는 어머니의 마음만 곱게 받아들이기로 했다.

어렸을 때 들었던 말이 생각난다. 어머니가 나를 위해 도둑질(?)을 했고 그로 인해 싫은 소리를 들었다고 한다.

그 이유는 내가 머리에 가마 2개를 갖고 태어났기 때문이다. 가마가 2개면 장가도 2번 간다는 말이 있었다. 지금은 머리가 빠져서 2개는커녕 1개도 잘 보이지 않지만 나는 어렸을 때 가마가 2개라고 많은 놀림을 받았다. 가마 2개인 아이가 어떻게 하면 해로움을 당하지 않고 순조롭게 살 수 있을까를 염려하셨다. 지금 생각하면 걱정거리도 아닌 것을 가지고 어머니는 걱정을 했다. 그래서 우습기 짝이 없는 미신을 따랐다.

어머니한테도 친정은 있었다. 상당한 재력을 가진 외조부는 도시(대전)의 큰집에서 살았다. 그런데 당시 외조부와 사는 외조모는 어머니의 친모가 아니었다. 친모는 어머니만 낳고는 쫓겨났기 때문이다. 따라서 어머니는 시골에 있는 외조부의 동생 집에서 자랐고 친정과 별로 가깝게 지내지도 않았다. 그런 어머니가 나를 위해 친정에 가서 숟가락을 훔쳐 왔다. 원래 속설대로라면 나의 외삼촌 숟가락을 훔쳐 와야 하는데 그 대신으로 친정아버지의 은수저를 몰래 가지고 왔다고 한다.

다음 날 어머니의 친모가 아닌 외조모가 우리 집을 찾아와서 꾸짖었다. "어떻게 아버지 숟가락을 훔쳐 갈 수 있느냐? 아버지가 그 숟가락이 아니면 밥을 안 드신다. 친정이라고 오지도 않더니 오래간만에 나타나서는 도둑질을 해 갔다." 는 것이 싫은 소리의 내용이었을 것이다.

어머니는 말했다. 이렇게 숟가락을 훔쳐 오고 싫은 소리를 들어야 아들인 내가 아무 해로운 것 없이 잘 자랄 수 있다는 것이다. 엄마라는 존재는 이런 것이다. 아들을 위해서라면 도둑질도 할 수 있고 욕먹는 것도 감수한다.

만 94세의 어머니

추천사

제남 선생의 먹빛을 바라보며

장상헌(여해재단 이순신학교 교수)

우리 인간들이 삶을 살아가기 위해 꼭 필요한 것이 있다. 바로 몸과 마음의 양식이다. 그런데 몸의 양식은 음식을 통하여 얻게 되고, 마음의 양식은 대부분 책을 통하여 얻게 된다.

이렇게 중요한 책이지만 사람들은 이를 소홀히 하는 경우가 허다하다. 우선 책과 관련한 사람들의 부류를 한번 살펴보자.

우선 예수, 공자, 석가 등 직접 책을 펴내지 않아도 그 사람의 말이 곧 책이 되는 아주 특별한 사람들이 있으며, 그다음 어떠한 형태로든 책을 펴내는 사람들이 있다. 그리고 그러한 책을 읽는 부류의 많은 사람들이 있으며, 책을 전혀 읽지 않는 더 많은 사람들이 있다. 마지막으로 특이한 경우이지만 있는 책을 마음에 들지 않는다고 불살라 버리고 없애 버리는 진시황 같은 사람도 있다.

그런데 제남 선생처럼 일단 책을 펴내는 사람들에 대한 공식적인 통계는 없지만, 비공식적으로 성인의 2% 정도로 얘기되고 있다. 즉 50명 중 1명 정도가 책을 펴낸 사람이라는 것이다. 그리고 1년 중 책을 한 권도 읽지 않는 사람들이 56% 또는 60% 등의 조사 자료가 있다. 현실적으로 성인의 절반 이상이 책을 전혀 읽지 않는다는 것이다.

이러한 상황에서 대학교수나 컨설턴트 같은 전문인이 아닌 은행원 출신의 제남 선생이 "기울어짐에 대한 단상", "세움에 대한 단상" 등에 이어 계속 책을 펴낸다는 것만으로도 대단한 일을 하는 것이라고 평가하고 싶다.

한편 책은 독자의 입장에서 보면 우선 공감이 가야 한다. 이 책의 내용 가운데 우선 수필에서 공감 가는 내용이 많이 있었다.
생활 속의 소소한 이야기를 솔직하고 담백하게 풀어내서 읽어가는 내내 고개가 끄덕여지고 때로는 입가에 미소를 짓기도 하였다.

또한 책은 독자가 그 책을 통하여 배우고 얻어 가는 것이 있어야 한다고 생각한다. 서예는 본인의 경우 문외한인데, 이 책을 통하여 많은 지식을 얻게 되었고, 한시(漢詩)의 경우 본인은 조금 안다고 해도 그 깊이가 일천한데, 이 책을 통하여 더욱 높은 지식을 얻게 되니 무척이나 감사한 마음이다.

특히 서예와 관련된 글을 읽으며, 작가가 조선 최고의 명필이라고 말한 한석봉에 대한 글로 알지 못했던 부분도 알게 되었다.

한석봉의 글씨는 너무 평범하여 따라 쓰기 싫다는 사람도 있다. 하지만 천자문을 비롯하여 그가 후대에 미친 영향력은 어떤 사람보다도 크다고 하지 않을 수 없다. 한석봉의 글씨체로 국가 문서의 표준 서체가 확립되었으며, 현재까지 쓰고 있는 컴퓨터나 교과서에서 쓰이는 서체의 모델이 되었다.

- 저자의 서예 연재 글 〈조선 최고의 명필〉 중에서

서체의 모델이라는 한석봉의 글씨에서 반듯한 제남 선생의 모습이 오버랩된다. 아버지로부터 물려받았다는 검소한 생활의 모습이 한석봉의 글씨와 많이 닮았기 때문이다.

옛 선비들이 理想으로 생각했던 생활은 안빈낙도였다. 가난함도 편히 여기며 도를 즐기는 생활이었다. 여기서 도(道)라 함은 학문이나 수양의 세계인 바, 문득 학교 다닐 때 배웠던 한석봉의 "짚방석 내지 마라"로 시작하는 시조가 떠오른다.

짚방석 내지 마라 낙엽엔들 못 앉으랴
솔 불 혀지 마라 어제 진 달 돋아온다
아이야 박주산채(薄酒山菜)일망정 없다 말고 내어라

이와 관련하여, 어릴 적 저의 어머니께서 자주 하신 말씀 가운데 이런 말씀이 있었다. "천석꾼 천 가지 걱정이요, 만석꾼 만 가지 걱정이 있다. 그러하니 안빈낙도 하여라!"

어린 시절에는 어머니가 하신 말씀의 깊은 뜻을 잘 모르고 살았으나, 나이 들고 보니 이제야 그 뜻이 이해가 가고 공감이 가는데, 특히 "조선 최고의 명필"이라는 한석봉의 시조를 읽다 보니 더욱더 그러하다.

여하튼 빠른 시일 내로 제남 선생과 박주산채일망정 술잔을 부딪치며 한석봉과 관련된 이런저런 이야기를 나누고 싶다.

다음으로 이 책의 전체적인 맥락은 독자들에게 읽히는 책이 되도록 애쓴 흔적이 많이 보인다. 그래서 흥미롭고 간결하게 쓰되, 흥미 자체에 함몰되지 않고 그 실질적 의미도 함께 전달되도록 노력한 점이 돋보인다.

 아무쪼록 이러한 良書가 여러 사람들에게 두루 읽히어 저자가 의도하는 바인 이 세상 사람들의 삶이 더욱 나아지기를 바라며, 이를 위하여 본인도 마음과 뜻을 함께하여 본다.

 끝으로 그간 이러한 훌륭한 책을 펴내기 위하여 너무나 수고를 하신 제남 선생과 뒤에서 헌신하신 이정순 여사께 큰 박수를 보낸다.

이만하면 괜찮은 인생

장기명(브런치 작가)

2023년 한국인의 기대수명은 남성 81세, 여성 86세이며, 건강하게 지낼 수 있는 나이는 남성 71세, 여성은 74세라고 한다. 따라서 건강수명이 늘어나지 않는 한, 인간은 마지막 10여 년간 질병 등을 몸에 달고 불편한 삶을 살 수밖에 없어 보인다.

어느새 중늙은이에 접어들어 "이 나이에 망신스럽게"라며 매사 자중하는 일이 많아지고 있지만, 동년배들 누구나 그간 쌓인 연륜과 성찰을 통해 지혜를 나누며 관용과 아량을 베푸는 老年을 보낼 수 있기를 소망해 보기도 한다.

어느 날 문득 지나온 시절을 한 번쯤 되돌아보면, 누구나 자신이 살아온 삶에 어떤 특징과 자신만의 고집을 발견하곤 한다. 그것이 때로는 좌절로, 때로는 성공담으로 다른 사람의 입을 통해 회자되기도 하지만, 돌아보면 누구나 다 같이 길지 않은 이승에서 잠시 스쳐 가는 바람 같은 것이다.

나 자신을 돌아보면 남들과 다른 삶을 살아왔고 지금도 조금 다른 삶을 추구하고 있다고 생각한다. 이공계 졸업 후 선친의 만류에도 불구하고 금융계를 고집하여 선택했던 일이 나에겐 좋은 운명이었고, 이로써 제남 선생과 은행 생활을 함께하게 된 인연도 좋은 운명이었다고 본다.

나는 다른 사람들과 좀 특이하게 내 사주를 보며 자랐다. 또한 어릴 때 내 사주가 실명(失明)될 운을 지니고 있어 밝을 명(明)을 넣어 개명을 했다고 하는데 그 때문인지 나는 지금도 눈으로 인해 다소 불편함을 안고 살고 있다. 누구나 신체에서 약한 부분은 다 있는 것 같다.

언제나 건강해 보이는 제남 선생의 수필 곳곳에서 각종 질병을 겪은 이야기들을 접하며 누구나 비슷한 일을 겪을 수 있기에 크게 공감하지 않을 수 없었다.

배설하지 못하는 고통이 이렇게 큰 줄 몰랐다. 예전부터 듣던 말로 "잘 먹고, 잘 싸고, 잘 자고" 하면 건강하다는 말에서 "잘 싸고"라는 말이 깊게 다가온다. 기적이란 다른 게 기적이 아니고 "잘 싸는 것"이 기적이라는 생각이 머리를 맴돈다. 배설하지 못하면 죽는 것이다. 숨도 마찬가지다. 들이마시지 못해서 죽는 것이 아니고, 내뱉지 못하면 죽는 것이다. 그러기에 사람은 죽을 때 크게 들이마시고는 죽는다. "呼吸(호흡)"이라는 말도 吸(흡)보다 呼(호)가 앞서는 이유이다.

- 박형순 수필 "막힘의 고통(상)" 중에서

이 글을 읽으며 더하기보다는 빼기를, 곱하기보다는 나누기를 잘하면서 살아야겠다는 생각을 다시금 하게 된다. 이 외에도 저자가 안면마비로 겪은 고통이나 코피를 쏟으며 있었던 경험담을 진솔하게 풀어낸 글을 읽으며 깊은 울림을 받았다.

고희에 이르게 되면 건강이 인생의 최고 희망이지만, 그런 바람에 앞서 마지막 순간까지 목표를 세워 만학의 열의와 아름다운 배려를 실천하며 지난날 아쉬웠던 회한을 행복으로 승화시켜 가는 저자의 모습을 여기저기의 수필에서 볼 수 있었다. 몇 번이고 읽어 보게 되는 우아한 노년의 일상(日常)이 돋보이는 저자의 문집이다.

"떠나기 싫어 늘어진 가을 햇살에 이별이 아쉬워 흐느껴 우는 나뭇잎처럼, 남아 있는 자나 가는 자 모두 운명이다"라고 저자는 이야기한다. 그럼에도 나이는 늙어 가지만, 생각은 늙는 것이 아님을 일깨우며, "나 괜찮은 인생이었네."라는 자족과 자존감을 실천해 보이는 제남 선생의 열정에 큰 갈채를 보낸다.

나도 묵향에 취하고 싶다

정회남(한학자)

제남 박형순 작가님을 안 지는 반세기를 향해 가지만, 금융과 관련된 업무보다 문학적, 예술적 재능이 탁월한 분이라는 것을 알게 된 때는 강산이 한번 변할 만큼의 시간도 되지 않는다. 그 짧은 시간에 저자가 쓴 수필, 소설, 시, 서예 등은 참으로 다양하고 빛이 난다.

저자는 오래전부터 한자에 관심이 많았었는데, 서예를 하면서 자신이 직접 쓴 詩를 글씨로 쓰고 싶은 마음으로 한시를 짓게 되었다고 말한다. 주체할 수 없는 창작열이 한시를 지으며 서예의 길로 더욱 달려가게 하였을 것이다.

저자는 '詩人'으로 불리기보다는 '作家'로 불리기를 원한다. 그 이유는 본인이 밝혔듯이 시, 소설, 수필 등 한 장르에만 머물기보다는 모든 문학 장르를 마음대로 드나들려는 창작욕 때문이다.

저자는 불기(不器)다. 그릇이 아니라고 하니 깜짝 놀랄 수도 있겠지만, 논어에서 나오는 '君子不器'라는 말이 떠오른다. 저자는 분명 특정한 어느 한 가지에만 국한되어 쓰이는 그릇이 아니다. 크기와 용도 즉 쓰임에 제한이 없는 군자를 떠올리게 한다.

저자는 밥을 먹다가도 떠오른 글자를 놓칠까 봐 책상으로 돌아오고, 자다가도 일어나 기록을 했다고 한다. 마치 周나라 周公이 어린 成王을 보필하며 인재가 오면 밥을 먹다가도 뱉고 나가고, 머리를 감다가도 멈추고 손으로 머리를 움켜쥐고 나와 인재를 맞았다는 토포악발(吐哺握發) 고사(故事)처럼 저자의 시 창작 열정은 참으로 대단하다.

저자는 李白이나 김삿갓(본명 金炳淵)처럼 술 한 잔을 들고 술술 시구가 나오기를 소망한다. 그러나 이백의 경우 언젠가 두주불사인 그도 술기운을 이기지 못하고 길가에 쓰러졌는데, 때마침 불어온 회오리바람에 그의 넓은 소매 속에 있던 종이들이 여기저기 길에 흩날렸는데 주워 보니 그도 그날 쓴 시를 수없이 여러 번 쓰고 고친 종이들이었다는 일화가 있다.

명시는 시인의 고뇌에 찬 산고를 거치며 태어난다고 볼 수 있다. 그래서 시 한 수 지어서 수없이 여러 번 고치고 또 고치며 친구나 지인에게 보내서 평가를 받는 퇴고도 마다하지 않는다. 또 자신이 지은 좋은 시 구절을 다른 사람에게 주기도 한다. 고려 때 김부식에게 참살당한 서경 천도파 정지상은 김부식이 간절하게 달라는 시구절을 거절하여 그 원한이 쌓여 죽임을 당하였다는 나쁜 일화도 있다.

筆下千秋藏妙理(필하천추장묘리)
求眞何處問知音(구진하처문지음)

붓끝 아래 천년의 오묘한 이치가 감추어져 있으니

202

진리를 어디서 알아주는 이에게 물을 수 있을까

- 저자의 한시 "서체단상(書體斷想)" 중에서

"구진하처문지음"이라는 結句의 구절은 자신을 알아주는 종자기(鍾子期)와 같은 서예의 知音을 갈구한다는 것으로 서예에 대한 저자의 간절한 열망을 솔직하게 노래하고 있다.

추운 겨울에도 소나무는 변함없는 색깔을 간직하고 있으니

구름들도 스스로 높아진다

이렇게까지 오는 동안 숱한 고난을 겪었지만

어려움 속에서도 깨우치며 늙어 가는 즐거움을 얻으리라

- 저자의 한시 "시송개상(視松開想)" 중에서

저자는 이 시에서 풍상을 이기고 서 있는 소나무를 통해 많은 세월의 고난을 딛고, 이제는 공자의 종심소욕불유구(從心所慾不踰矩)를 즐거움으로 받아들이고 있음을 알 수 있다. "지금 이 순간을 즐겨라"(Carpe Diem)는 쇼펜하우어의 당부를 충실히 실천하며 인생을 향유하고 있음에 큰 박수를 보낸다.

꽃은 졌어도 향기는 남아 소매 가볍고

높은 가지 달에 기대니 그림자 더욱 또렷하다

떠도는 구름도 닿지 못하는 물같이 맑은 마음

스스로의 품격은 뼛속 깊이 맑고 고결하구나

　모란은 당나라 때 국화로 여기며 부귀와 영화를 상징하는 꽃이었다. 물론 지금도 부귀를 상징하며 많은 사람들의 사랑을 받고 있는 꽃이다.

　저자는 "부귀청고"라는 시에서 轉句 浮雲不染心如水(떠도는 구름도 닿지 못하는 물같이 맑은 마음), 結句 自有風神在骨淸(스스로의 품격은 뼛속 깊이 맑고 고결하구나)을 노래하고 있다.

　주돈이(朱敦頤)는 진흙 속에 피어나는 연꽃을 "애련설(愛蓮說)"에서 "진흙에서 나왔지만 더럽혀지지 않고, 맑은 잔물결에 씻기면서도 요염하지 않고, 향기는 멀리 갈수록 더욱 맑고" 등의 표현을 하였다. 저자는 결구에서 모란의 품격이 깊고 맑고 고결하다고 하였는데, 이는 염계 주돈이(濂溪 朱敦頤)가 애련설(愛蓮說)에서 연꽃을 칭찬한 것과 견줄 만하다.

　과거시험에서 시는 필수응시과목이었다고 한다. 다만 운자책(韻字冊)은 주어져 운자를 찾아볼 수 있게 하였고, 제출한 시가 韻에 맞지 않으면 과거 합격자에서 제외되었다고 한다. 솔직히 한시는 형식과 格이 엄격하여 짓기가 쉽지 않다. 많은 이들이 알다시피 한시에는 표절이 없다. 아주 오래전부터 수많은 문장가들이 표현의 모양만 살짝 바꾸어 재창작하고 있다고도 할 수 있다.

　그리고 한시는 기존의 다른 유명한 시구절을 끌어다 써도 표절(剽竊)이라고는 하지 않으며, 오히려 옛 名士들이 이미 사용한 시구절이나 문구를 풍부하게 잘 인용하여야 훌륭한 명시로 인정되고 있다.

저자의 시를 읽다 보면 왜 이 구절이 여기에 있는지를 곰곰이 생각하게
한다. 그러다가 묵향으로 번진 한시에서 깊은 울림을 받지 않을 수 없었
다. 몇 번이고 읽어 보게 되는 주옥같은 시에서 타고난 재능에 꾸준히 노
력하는 진정한 위기지학(爲己之學) 선비의 모습을 본다.

필묵의 서정

ⓒ 박형순, 2026

초판 1쇄 발행 2026년 2월 2일

지은이   박형순
펴낸이   이기봉
편집   좋은땅 편집팀
펴낸곳   도서출판 좋은땅
주소   서울특별시 마포구 양화로12길 26 지월드빌딩 (서교동 395-7)
전화   02)374-8616~7
팩스   02)374-8614
이메일   gworldbook@naver.com
홈페이지 www.g-world.co.kr

ISBN   979-11-388-5400-9 (03800)